# Unser Schweigen schützte die Täter

*Marion Birkenbeil* wurde 1963 in Wuppertal geboren. Nach dem Abitur arbeitete sie mehrere Jahre lang als Gärtnerin und studierte dann Landespflege.

1997 wanderte sie nach Australien aus. Seit 2007 wohnt sie mit ihrem Mann an der „Sunshine Coast" in Queensland. Sie ist selbstständige Landschaftsarchitektin und ein registriertes Mitglied der Australischen Organisation der Landschaftsarchitekten (AILA).

2011 begann sie, einen Roman zu schreiben, der ursprünglich nur als ein Weihnachtsgeschenk für ihre Mutter gedacht war. Dieses Buch, ein spannender Abenteuerroman aus Australien mit 354 Seiten, wurde im Oktober 2013 veröffentlicht:

**MORD UND BRAND, FLUTEN UND SAND**
**ISBN: 978-3-95631-051-5**
**Shaker Media GmbH**

Ihr zweites Buch, ein Kochbuch aus der Scheherazade-Buchreihe, wurde im Dezember 2014 veröffentlicht:

**Scheherazades FINGER FOOD**
**ISBN: 9783734740367 und ISBN: 9783738689013**
**Books on Demand GmbH**

Siehe auch: http://m-birkenbeil-autorin.jimdo.com/

# *Exposé*

Drei junge Frauen verbringen ihren Sommerurlaub in Spanien. Nach einer schönen Zeit und vielen netten Begegnungen mit Einheimischen und anderen Touristen erleben sie eine schreckliche Nacht: Sie werden von mehreren Männern vergewaltigt, und die Täter entkommen ohne jede Strafe.

Keine der Frauen kann diese grausamen Ereignisse vergessen, und eine von ihnen sinnt insgeheim auf Rache. Es wurmt sie ungemein, dass die Männer niemals identifiziert und niemals zur Rede gestellt wurden und sich womöglich an weiteren Frauen vergreifen könnten.

Doch was kann sie tun? Mit gemischten Gefühlen begibt sie sich schließlich allein auf eine zweite Reise nach Spanien...

© 2015 Autorin Marion Birkenbeil
Webseite: http://m-birkenbeil-autorin.jimdo.com
Email: m27birk@gmail.com

© 2015 Herstellung und Verlag: BoD -
Books on Demand, Norderstedt

© 2015 Buchidee: Marion Birkenbeil

© 2015 Titelfoto: Karin Ritter-Ostermann
(Kollage mit freundlicher Genehmigung der
Performerin Svetlana Karimova)

© 2015 Buchsatz und Umschlaggestaltung: Marion Birkenbeil

ISBN: 9783734761911

Bibliografische Information der Deutschen Nationalbibliothek:
Die Deutsche Nationalbibliothek verzeichnet diese Publikation in der Deutschen Nationalbibliografie; detaillierte bibliografische Daten sind im Internet über http://dnb.d-nb.de abrufbar.

MIX
Papier aus verantwortungsvollen Quellen
Paper from responsible sources
FSC
www.fsc.org
FSC® C105338

# Marion Birkenbeil

# Unser Schweigen
# schützte die Täter

**Drei junge Frauen werden im Urlaub vergewaltigt.
Eine von ihnen sinnt auf Rache …**

# Vorwort

Überall auf der Welt werden unzählige Kinder, Jugendliche und Frauen grob misshandelt und vergewaltigt, und noch dazu werden sie selbst oft als die Schuldigen angesehen. Vor Angst und Scham vermeiden viele Opfer, zur Polizei zu gehen oder sich zumindest mit jemandem auszusprechen.

Doch das Schweigen schützt vor allem die Gewalttäter!

Allzu viele Vergewaltiger kommen ungestraft davon.

Mit dieser fiktiven Geschichte möchte ich nicht zur Rache aufrufen, sondern alle Betroffenen bitten, Anzeige zu erstatten oder sich wenigstens an eine Hilfsorganisation zu wenden, sofern dies möglich ist. Einige Kontaktadressen und Webseiten für Beratungsstellen werden im Nachwort angegeben (nicht nur für weibliche, sondern auch für männliche Opfer).

Da dieses Buch Themen von Sex und Gewalt enthält, ist es nur für Leser ab 15 Jahren geeignet.

# *Kapitel 1*

„Ich habe ein Messer! Es ist in meiner Jackentasche", rief Sabine verzweifelt. Ich sah sie entsetzt an. Ich konnte doch nicht versuchen, mit einem kleinen Schweizer Taschenmesser gegen drei Männer anzukämpfen!

Irgendwie schien alles unwirklich zu sein und wie im Zeitlupentempo vor meinen Augen abzulaufen. Meine Freundin Sabine lag nackt und wehrlos auf dem Boden vor dem Auto, und der nackte Fremde stand mit einer Erektion über ihr. Ein zweiter Mann hatte meine Freundin Barbara an den Waldrand gezerrt, und ich konnte sie nicht mehr sehen. Ich versuchte, aus dem Auto zu springen und meinen Freundinnen zu helfen, aber der dritte Mann neben mir hinderte mich daran und hielt mich fest. Er zog mir den Pullover vom Körper und dann auch mit einem Ruck das T-Shirt. Als er anfing, mich zu streicheln, stellten sich mir alle Haare auf. Es war ein unglaublich fetter, riesiger und hässlicher Mann, und mir graute es vor ihm!

* * *

Dabei hatte unsere Spanienreise so schön angefangen! Ich hatte Sabine und Barbara einmal in einem Skiurlaub in Norditalien kennengelernt, wo wir sofort unzertrennlich waren. Sie lebten beide in Bremen und teilten sich dort eine winzige Wohnung. Barbara studierte Wirtschaftswissenschaften. Sie war fast zwei Jahre älter als ich und sehr schlank und sportlich, mit langen, rötlich schimmernden braunen Haaren und verschmitzten dunklen Augen. Obwohl sie sich meist schlicht und in beigen Tönen kleidete, sah sie immer sehr elegant aus.

Sabine studierte Kunst und Geografie. Sie war ungefähr ein Jahr älter als ich und hatte wunderschöne schwarze, gewellte Haare, grau-grüne Augen und ein ulkiges, ansteckendes Lachen. Sie liebte bunte Farben, lange Röcke und weite luftige Kleider, und sie trug meist hübsche Ohrringe und Ketten passend zu ihrer Kleidung. Sie ging regelmäßig schwimmen und war schlank, aber kräftiger gebaut als Barbara und ich.

Ich wohnte in Münster und machte eine Ausbildung zur Schreinerin. Nach dem Abitur hatte ich nicht sofort eine Stelle gefunden und eine Weile in einer Brotfabrik gearbeitet, doch dann fand ich endlich einen Ausbildungsplatz, was damals als Frau in dem Beruf gar nicht so leicht war. Doch ich hatte geschickte Hände und liebte den Geruch von Holz. Ich war nicht besonders sportlich, was man mir aber nicht sofort ansah, war etwas zu dünn und hatte hellblonde Haare und bernsteinfarbene Augen. Fast nie zog ich mich so elegant wie Barbara oder so fraulich wie Sabine an, sondern liebte meine alten Jeans und bequemen Pullover. Auch vom Charakter her waren wir drei Freundinnen eigentlich sehr unterschiedliche Personen, aber wir fühlten uns von Anfang an wie ein Herz und eine Seele und konnten über alles miteinander reden. Barbara hatte einen tollen Humor und brachte uns oft zum Lachen.

Nach jenem Skiurlaub trafen wir uns so oft wie möglich und hatten jedes Mal eine schöne Zeit, und eines Tages planten wir dann eine gemeinsame Reise nach Spanien. Ich war gerade 20 Jahre alt geworden, als wir den Urlaub antraten.

Zunächst fuhren wir eine kurze Strecke mit dem Zug, doch um Geld zu sparen, hatten wir beschlossen, viel zu 'trampen'. Wir trafen unterwegs jede Menge interessante Menschen. Einmal hatten wir ein schreckliches Erlebnis, als ein übermüdeter Geschäftsmann beinahe am Steuer einschlief und bereits mehrere Male auf der Autobahn von einer Spur zur anderen schwankte, sich aber trotzdem weigerte, anzuhalten und eine Pause einzulegen. Zum Glück musste er kurz darauf tanken, so dass wir nun endlich aussteigen konnten. Es war inzwischen schon dunkel geworden, und wir schlugen unser Zelt auf einer kleinen Rasenfläche auf dem Rastplatz auf und hofften, dass uns niemand belästigen würde. Es war nicht gerade der beste Campingplatz, und wir schliefen also nicht besonders gut und wachten schon sehr früh auf. Wir packten rasch alles zusammen und fanden schnell jemanden, der uns in seinem Auto mitnahm. Doch später mussten wir lange an einer Straße warten.

„Hast Du noch ein paar Nüsse?", fragte ich.

Sabine grinste und reichte mir eine Tüte mit Walnüssen. „Daniela, Du hast aber auch immer Hunger! Eigentlich müsstest Du dick wie eine Tonne sein. Warum nur bist Du so dünn?"

Barbara guckte sich besorgt den Himmel an, an dem sich dunkle Wolken türmten. „Mensch, wenn es jetzt regnet, nimmt uns bestimmt keiner mehr mit!"

Kaum hatte sie dies gesagt, begann es wie aus Kübeln zu gießen. Hastig streiften wir uns unsere Regenjacken über und bedeckten unsere Rucksäcke mit einer Plastikplane.

„Igitt!", schrie Barbara und sprang einen Meter zurück, als ein Auto eine hohe Wasserfontäne spritzte. „Bah, so ein rücksichtsloser Mensch!"

Das nächste Auto verlangsamte sich, als es näher kam, doch jemand winkte ihnen nur fröhlich durchs Fenster zu.

„Mist", murrte Sabine.

Ich aß noch ein paar Nüsse und meinte dann: „Das nächste Auto wird halten, das weiß ich einfach."

Irgendwie hatte ich so ein gutes Gefühl. Gebannt guckten wir alle einem kleinen blauen Auto entgegen. Und hurra, es hielt tatsächlich! Ein junges Paar ließ uns einsteigen, obwohl wir inzwischen pitschnass waren. Wir mussten uns mitsamt dem Gepäck auf den Rücksitz quetschen, da der Kofferraum bereits vollgeladen war.

„Wo wollt Ihr denn hin?", fragte der Mann freundlich.

„Nach Spanien", antworteten Sabine und ich wie aus einem Mund, und wir fingen alle an zu lachen. Nach einer allgemeinen Vorstellung plapperten Astrid und Lutz eifrig drauflos und erzählten von ihren früheren Ferien in Spanien. Diesmal fuhren sie jedoch nur nach Südfrankreich. Die Scheiben beschlugen, und es regnete wie verrückt, doch die Zeit verging wie im Flug.

Beim nächsten Abschnitt unserer Reise fuhren meine beiden Freundinnen und ich mit einem Italiener und einem Spanier mit, die sich prächtig zu verstehen schienen, obwohl sie beide in ihrer Muttersprache redeten. Und endlich kamen wir in Spanien an.

Leider war Sabine die Einzige, die Spanisch sprechen konnte, während Barbara und ich es nur schafften, ein paar Brocken Spanisch zu lernen. Wir konnten uns zum Beispiel Kaffee oder Wein bestellen und 'Danke', 'Guten Morgen' und 'Auf Wiedersehen' sagen. Auch andere deutsche Touristen hatten manchmal Schwierigkeiten mit der Sprache. Einmal erlebten wir, wie ein Mann sich in einer Kneipe aus Versehen 'ein Glas Toilette' ('servicio') statt 'ein Glas Bier' ('cerveza') bestellte, und alle Leute ringsum schüttelten sich vor Lachen. Manchmal war Sabine es leid, ständig alles übersetzen zu müssen, aber andererseits war sie auch stolz darauf, das Meiste zu regeln. Zugegeben, Barbara und ich waren in der Hinsicht etwas faul und überließen das Reden nur allzu gerne unserer Freundin.

Wir verbrachten zwei Tage in Pamplona und erlebten dort das berühmte Stierrennen, bei dem jedes Jahr eine Gruppe von Bullen eine über 800m lange Strecke durch die Stadt und anschließend in eine Arena getrieben wird. Als wir ankamen, schien bereits die ganze Stadt am Feiern zu sein; alle waren am Tanzen, Trinken und Jubilieren, und mehrere Männer besprühten uns lachend mit einer Art Tinte aus kleinen Wasserpistolen, die zum Glück wieder abwaschbar war.

Kurz darauf trafen wir vier junge Männer, die fröhlich in gebrochenem Englisch auf uns einredeten und nicht mehr von unserer Seite wichen. Einer von ihnen, der ein besonders sympathisches Lächeln hatte, schrieb schon bald ganz frech **E T A** in riesigen Buchstaben mit einem schwarzen Filzstift auf das Rückenteil meines lindgrünen T-Shirts. Sie waren also offenbar Anhänger der ETA, einer baskischen Widerstandsbewegung. Meine Freundinnen und ich waren zunächst geschockt und besorgt darüber, dass ich nun als eine Terroristin angesehen werden könnte, doch viele Menschen um uns herum hielten den Daumen in die Höhe und jubelten uns zu. Einer der Jungen hatte einen schmutzigen Verband am Arm und gab an, dass er vor kurzem angeschossen worden sei. Waren sie wirklich Terroristen? Sie schienen noch so jung und so freundlich zu sein! Wir wussten nicht so recht, was wir davon halten sollten, aber wir fühlten uns etwas sicherer dabei, eine männliche Begleitung in dieser verrückten Menschenmenge zu haben, und die Jungen behandelten uns total nett und voller Respekt.

Plötzlich bemerkten wir eine gewisse Unruhe. Leute rannten los und brüllten: „He, sie kommen!"

Einer der Jungen nahm Sabine an die Hand und schrie: „Los, kommt mit!" Ein anderer rief: „Das ist ein Riesenspaß"!

Noch bevor wir richtig begriffen, was los war, liefen wir mit den jungen Männern und einer Horde von anderen Leuten zusammen eine enge Straße entlang. Und dann kamen die Bullen hinter uns herangerast! Eine Frau neben mir kreischte vergnügt und rief mir etwas zu, was ich natürlich nicht verstand. Aber dann nahm ich nur noch die herandonnernden Tiere und ihr Schnaufen wahr! Sie schienen schon ganz nah zu sein! Im letzten Moment sprangen wir drei Freundinnen durch eine Abtrennung in Sicherheit. Viele Menschen, und auch die vier Jungen, rannten jedoch weiterhin lachend und schreiend direkt vor den wild stampfenden Bullen mit ihren großen Hörnern daher, und wir waren froh, dass an diesem Tag niemand aufgespießt wurde.

Einmal sahen wir allerdings geschockt zu, als ein Mann nur haarscharf den Hörnern entkam! Es war der reinste Irrsinn, was die Menschen dort trieben! Immer wieder gab es Tote und Verletzte bei diesem Rennen, das trotzdem jedes Jahr stattfand. Und wir waren ebenso verrückt gewesen, uns von dem allgemeinen Rausch anstecken zu lassen und dabei mitzumachen. Die armen Stiere waren sicher völlig panisch.

Die Jungen sahen wir danach nicht mehr wieder, aber das war ja auch kein Wunder bei all dem Trubel!

Etwas später wurden wir von einem anderen jungen Mann zu einem Stierkampf in der Arena eingeladen, doch wir wollten uns so ein blutiges Schauspiel auf keinen Fall ansehen. Wir fanden es grausam, dass Tiere nur zum Spaß gequält und getötet wurden! Der Spanier dagegen war fassungslos, dass wir sein nett gemeintes Angebot nicht annehmen wollten, und versuchte noch eine Weile, uns zum Mitkommen zu animieren, bis er schließlich beleidigt abzog.

In der Nacht schliefen wir auf drei nebeneinanderliegenden Bänken in einem Park am Rande der Stadt, mit einem Teil unseres Gepäcks als Kopfkissen.

Als wir am Morgen aufwachten, stellten wir verlegen fest, dass der Park gar nicht so einsam war, wie wir geglaubt hatten, sondern vielmehr als Marktplatz genutzt wurde! Ringsherum wurden bereits Waren angeboten, und viele Leute grinsten uns verschmitzt an. Rasch krabbelten wir aus unseren Schlafsäcken heraus, packten alles zusammen und sprangen kurz danach in einen recht schmutzig aussehenden Bach in der Nähe, um uns etwas zu erfrischen. Zum Frühstück aßen wir Brot mit Marmelade, und dann ging es wieder auf die Reise.

Wir waren erstaunt, wie viel sich in diesem Land noch nachts auf den Straßen abspielte. Selbst kleine Kinder turnten oft bis 23 Uhr herum. Manche Restaurants öffneten erst um 21 Uhr. Dafür gab es mittags eine lange Siesta - in der Zeit war alles ruhig und verschlafen.

„Kennt Ihr die Cíes Inseln in der Nähe von Vigo?", fragte uns eines Abends ein netter Spanier auf einem Campingplatz. Er war uns schon am Tag zuvor aufgefallen, als er wunderschöne Lieder zur Gitarre gesungen hatte. „Da müsst Ihr unbedingt hin."

Leider saßen wir erst mal drei Tage auf dem Campingplatz fest, da es ununterbrochen regnete, nachdem wir gerade unsere Kleidung gewaschen und aufgehängt hatten. Zum Schluss war immer noch einiges feucht, als wir es schließlich zusammenpackten und weiterzogen.

# Kapitel 2

Die Cíes Inseln waren wirklich einmalig schön. Es gab weiße Sandstrände wie in einem Bilderbuch, und die Eukalyptusbäume dufteten herrlich. Nach den Regentagen genossen wir die Sonne und legten uns lange an den Strand. Das Meer kam uns jedoch eisig kalt vor, und Barbara und ich sprangen nur einmal kurz quiekend hinein und dann schnell wieder heraus. Sogar Sabine, die normalerweise eine „Wasserratte" war, kam nach nur wenigen Schwimmzügen prustend und zitternd zu uns zurück.

„Oh je, wo sind wir denn hier gelandet?", fragte Barbara am zweiten Tag verlegen. Sie hatte vom Tag zuvor einen heftigen Sonnenbrand und lief nun dick eingemummelt herum, um sich vor den Sonnenstrahlen zu schützen. Alle guckten sie etwas merkwürdig an, da sie angekleidet an einem Nacktbadestrand herumlief! Auch Sabine und ich behielten unsere T-Shirts und Shorts an und kamen uns etwas fehl am Platze vor. Wir waren nicht daran gewöhnt, Nackte zu sehen oder selbst nackig herumzulaufen. Wir gingen rasch weiter und wanderten noch eine Weile durch einen Wald.

Abends setzten wir uns in ein kleines Restaurant nahe des Campingplatzes. Barbara und ich lernten Maria kennen, eine junge Frau, die in Vigo wohnte. Sie hatte ein hübsches herzförmiges Gesicht und lachte viel. Sabine unterhielt sich mit einem gut aussehenden Kellner namens Miguel und war offensichtlich von ihm begeistert. Keiner wusste später mehr genau, wie es eigentlich passierte, doch plötzlich saßen Miguel und ich zusammen an der Bar und flirteten miteinander, obwohl ich ja gar kein Spanisch sprechen konnte. Ich war völlig fasziniert: Er war schlank und doch muskulös gebaut, hatte dichtes schwarzes Haar und ein schmales, sensibel wirkendes Gesicht und wunderschöne braune Augen. Als seine Arbeitszeit spät am Abend endlich beendet war, ging er mit mir am Meer spazieren. Außer uns war niemand mehr unterwegs, und die Luft war wunderbar frisch und würzig. Nach einer Weile setzten wir uns auf einen Felsen und genossen die Atmosphäre. Es war ruhig und friedlich, aber gleichzeitig fühlte ich ein wohliges Kribbeln in mir, Miguel so nah zu sein. Als er seine warme, etwas schwielige Hand auf mein Bein legte, war ich gleich wie elektrisiert. Er küsste mich sanft auf die Wange und lachte leise. Er versuchte, mir etwas zu erzählen, was ich jedoch nicht verstand. Daraufhin knipste er seine Taschenlampe an und begann, mit einem kleinen Stock Figuren in den Sand zu malen, um es besser zu erklären, und schließlich brachen wir beide in Gelächter aus und umarmten uns ganz spontan. Ich schmiegte mich an ihn, atmete seinen männlichen Duft ein und verspürte erneut eine Woge der Lust. Da ich mich auf Anhieb in ihn verliebt hatte, zögerte ich nicht lange, als er mich in sein Zelt einlud. Wir begannen, uns am ganzen Körper zu liebkosen, und Miguel seufzte vor Behagen. Ich nahm seinen Penis in die Hand und fing an, ihn zu streicheln. Ich hatte nicht viel Erfahrung in sexuellen Dingen, aber Miguel schien zu genießen, was ich tat. Er glitt mit seinen Händen über meinen Rücken und meine Hüften und küsste mich auf den Mund. Später berührten seine Lippen meine Brustwarzen und saugten sanft an ihnen, als sie sich steil aufrichteten. Ich stöhnte wollüstig, und er presste seine Hand zwischen meine Beine. Ich drängte mich ihm entgegen; meine Hand bewegte sich schneller an seinem Glied auf und ab, und wir küssten uns begierig, während wir beide immer erregter wurden.

Zu meinem Erstaunen versuchte er nicht, mit mir zu schlafen, und ich war froh darüber, da ich keine Verhütungsmittel einnahm und nicht wusste, wie ich ihn nach einem Kondom fragen sollte, ohne die spanische Übersetzung dafür zu wissen. Wir genossen den leidenschaftlichen Sex und die Zärtlichkeiten und schliefen zum Schluss eng aneinandergekuschelt ein.

Als ich aufwachte, war es fast unerträglich heiß und stickig im Zelt, und Miguel war schon fort. Ich lief zu meinem eigenen Zelt zurück und stolperte dabei tolpatschig über einige Seile der anderen Zelte, die dicht an dicht standen. Barbara und Sabine saßen im Schatten der Bäume und guckten mich ziemlich grimmig an.

„Kommst Du auch endlich mal wieder?", fragte Sabine. „Wir wollten doch heute schon ganz früh los und weiterfahren."

„Wir haben schon gefrühstückt", fügte Barbara hinzu. „Wo warst Du denn eigentlich?"

Wie peinlich! Ich war total verlegen, und ich fühlte, wie mir das Blut in die Wangen stieg.

„Tut mir leid. Ich war mit Miguel zusammen und bin bei ihm eingeschlafen. Er und ein paar andere Kellner haben dort drüben ihren eigenen kleinen Campingplatz." Ich zeigte in die Richtung, aus der ich gekommen war. Auf einer Wiese hinter dem Restaurant wurden für einen Teil der Angestellten ein paar Zelte aufgebaut, wenn es in der Hauptsaison mit den Zimmern knapp wurde.

„Könnt Ihr noch ein bisschen warten? Ich will mich wenigstes noch von Miguel verabschieden!"

Nachdem ich schnell geduscht hatte, gingen wir alle gemeinsam zum Restaurant, wo es schon wieder sehr lebhaft zuging. Leider hatte Miguel überhaupt keine Zeit, und er lächelte mich nur kurz an. Ich drückte ihm hastig einen Zettel mit meiner Adresse in die Hand, und dann musste er schon wieder los, um die vielen Touristen zu bedienen. Er hatte Sabine am Tag zuvor erzählt, dass er im Sommer drei Monate auf der Insel arbeitete und sonst in Vigo wohnte. Um mehr Geld zu verdienen, arbeitete er lange Schichten und hatte kaum Freizeit.

Etwas später guckte ich prüfend meine Freundin Sabine an. Ob sie wohl sauer auf mich war? Sie hatte sich ja als Erste in den gut aussehenden Kellner verliebt, und dann hatte ich ihn ihr einfach weggeschnappt. Dabei hatte ich das alles gar nicht beabsichtigt, sondern es hatte sich irgendwie so ergeben. Sabine war zwar schon etwas ärgerlich, doch sie verzieh mir. Ich fand es ziemlich peinlich, über Sex zu sprechen, und so erzählte ich ihr und Barbara nur, dass ich mit Miguel geschmust hätte, wobei ich schon wieder errötete. So bald wie möglich machten wir uns wieder auf die Socken. Ich war völlig übermüdet und ein bisschen im Tran, gleichzeitig traurig und glücklich wegen Miguel. Schon jetzt vermisste ich ihn.

* * *

An diesem Tag waren wir lange unterwegs. Auf dem Festland nahmen wir zuerst einen Bus, und später fuhren wir eine weite Strecke mit zwei fröhlichen Spaniern, die unterwegs anhielten, um uns eine heilige Quelle zu zeigen und uns zum Essen einzuladen. Sie waren total nett und brachten uns bis in die Stadt Oviedo. Obwohl es inzwischen schon fast dunkel war und wir noch nie zuvor zu so einer späten Stunde unsere Daumen an der Straße herausgestreckt hatten, beschlossen wir an diesem Abend, noch weiter zu fahren. Alles hatte bisher so gut geklappt!

Auch hier, in Oviedo, mussten wir jetzt nur einen kurzen Moment warten, bis ein Mann anhielt und uns freundlich fragte, wo wir denn hinwollten. Als Sabine ihm den Ortsnamen nannte, sagte er sofort, dass er in genau dieselbe Richtung fahre, und wir stiegen erfreut in sein Auto ein. Das war ja prima! Unterwegs meinte der Mann, dass er nur einen kleinen Umweg machen und etwas abholen müsse. Es kam mir etwas merkwürdig vor, aber dann dachte ich an all die freundlichen Menschen, die wir bisher schon kennengelernt hatten. Und wir waren ja zu dritt - was sollte da schon passieren?

Doch mitten auf einem einsamen Waldweg hielt das Auto plötzlich an. Warum denn? War etwas passiert? Da stand bereits ein anderes Auto! Zwei Männer kamen auf uns zu, und wir begriffen nun sofort, was los war. Sie mussten uns schon im Ort beobachtet und alles miteinander verabredet haben!

Panisch versuchten wir, aus dem Auto zu springen und wegzulaufen, aber wir waren gefangen - der Fahrer hatte alles mit der Kindersicherung zentral verriegelt. Erst als die anderen Männer schon ganz nah waren, öffnete er die Türen und zerrte Sabine mit sich nach draußen. Als sie sich wehrte, riss er sie grob an den Haaren und schlug sie ins Gesicht. Sie trat nach ihm, doch er packte sie, warf sie auf den Boden und riss ihr und sich selber in einem unglaublichen Tempo die Kleidung vom Leib.

Ein jüngerer schlanker Mann schnappte sich Barbara und zog sie nach draußen an den Waldrand, während der dritte Mann sich neben mich auf den Vordersitz setzte und mich festhielt, als ich meinen

16

Freundinnen helfen wollte. Ich war vor Angst wie gelähmt und wagte es nicht, mich gegen ihn zu wehren. Er war ein riesiger und fetter Mann!

„Ich habe ein Messer! Es ist in meiner Jackentasche", rief Sabine verzweifelt. Hilflos und entsetzt sah ich zu, wie der Fahrer nackt und mit etwas vorstehendem Bauch voller Triumph und Erregung über meiner entblößten Freundin stand. Er war nicht besonders groß, aber kräftig gebaut, und im Scheinwerferlicht konnte ich für einen kurzen Moment sein lüsternes Gesicht sehen, bevor er sich auf Sabine warf. Noch einmal versuchte ich, aus dem Auto zu springen und meinen Freundinnen zu helfen, doch wieder hinderte der dicke Riese neben mir mich daran. Als er mir nun ebenfalls die Kleidung vom Oberkörper zog, war ich völlig geschockt, und mein ganzer Körper bekam vor Ekel eine Gänsehaut.

Doch dann begriff ich, dass ich Glück hatte, denn er war der Einzige der drei Männer, der nicht zu einer Vergewaltigung imstande war! Er schien sogar Mitleid mit mir zu haben und mich trösten zu wollen. Er streichelte mir jetzt nur sanft über den Arm und schien meine Angst zu fühlen. Als er merkte, dass mir sogar diese Berührung unangenehm war und ich dabei nur noch mehr zitterte, ließ er mich ganz in Ruhe. Wie in Trance zog ich mich wieder an. Ich konnte keinen klaren Gedanken fassen.

Nach einer Weile stieg er aus und ging zu dem anderen Auto zurück, während Sabine und Barbara zusammen mit dem Fahrer wieder zu mir ins Auto stiegen. Wir waren erschüttert, doch wir hofften, dass nun alles vorbei wäre und die Männer uns im nächsten Ort absetzen würden.

# Kapitel 3

Doch es war noch nicht vorbei! Nach einer kurzen Fahrt hielten die beiden Autos wieder an, und wir sahen, dass der fette Mann ausstieg und hinter einem großen Tor verschwand. Vermutlich gab es einige Häuser hinter der hohen Steinmauer, denn gleichzeitig kam ein anderer Mann mittleren Alters in unsere Richtung und stieg schnell in das vordere Auto ein. Wir wollten wegrennen und um Hilfe rufen, aber auch diesmal hinderte die Zentralverriegelung uns daran. Ich war verzweifelt, und doch schien alles irgendwie unwirklich und wie in einem grauen Nebel abzulaufen. Nach einer weiteren Fahrt hielten wir an, wieder auf einem kleinen Weg in einem einsamen Wald. Es war stockdunkel. Die beiden Männer vom zweiten Auto kamen zu uns und zerrten Barbara und mich grob aus dem Wagen. Kaum waren wir draußen, brauste der erste Mann mit Sabine davon!

Der neu hinzugekommene Mann schubste mich auf den Rücksitz, wo er sich sofort über mich drängte, mir die Jeans herunterzog und auch alles andere vom Körper riss. Ich hätte nie gedacht, dass jemand das so schnell schaffen könnte, obwohl ich mich doch wehrte! Doch als er versuchte, seinen Penis in mich hineinzustoßen, kämpfte ich wie ein Löwe und wand mich so sehr hin und her, dass er schließlich fluchend aufgab. Er stieg aus und ging zu Barbara, die in der Zeit bereits ein zweites Mal von dem Jüngsten der Männer am Straßenrand vergewaltigt worden war! Und nun zwang er sie zum Geschlechtsverkehr, während der andere Kerl sich neben mich ins Auto setzte. Ich hätte ihr so gerne geholfen! Doch der Mann hielt mich fest am Arm gepackt, so dass ich nichts tun konnte. Er hinderte mich auch daran, mich wieder anzuziehen, tat mir aber sonst nichts.

Schließlich stiegen Barbara und der Fremde wieder ins Auto ein. Ich hatte keine Ahnung, wie viel Zeit inzwischen vergangen war. Wo Sabine nur war? Ob wir nun etwa alle gefangen gehalten und immer wieder zum Sex gezwungen würden? Barbara und ich saßen

18

beide nackt im Auto. Wir waren schrecklich verstört und fühlten uns völlig hilflos. Ob wir versuchen sollten, wegzulaufen? Doch es war immer noch ganz dunkel, und die Männer würden uns bestimmt sofort wieder einfangen.

Irgendwann hörten wir wieder Reifengeräusche auf dem Waldweg. Da tauchte der erste Mann wieder auf – aber ohne Sabine! Er riss mich mit sich in sein eigenes Auto, wo er bereits den Sitz heruntergeklappt hatte. Er stopfte mir ein Kissen unter den Hintern und zwang seinen Penis zwischen meine Beine. Als ich mich wehrte, schlug er mir mehrmals mit der flachen Hand ins Gesicht. Ich war in Panik: Hatte er Sabine bereits umgebracht? Wo war sie?

Als er in mich eindrang, war es ein solcher Schmerz, als ob jemand ein scharfes Messer in meine Vagina stoßen würde. In dem Moment dachte ich: „Wenn ich nun eine Waffe hätte, würde ich ihn umbringen!"

Doch leider hatte ich keine, und er pumpte und pumpte immer weiter und keuchte in Ekstase.

„Du Schwein, Du mieses Schwein", stieß ich hervor, während meine Schmerzen unerträglich wurden und ich davon träumte, ihm ein Messer in den Rücken zu rammen. Endlich ließ er von mir ab und schubste mich zur Seite. Er klappte den Sitz hoch und begab sich wieder auf den Vordersitz. Ich richtete mich benommen auf und suchte verzweifelt im Dunkeln nach irgendetwas, womit ich meine Blöße bedecken könnte. Schließlich fand ich eine lange Stoffhose und einen BH, die jedoch nicht mir gehörten. Als ich gerade unter den Sitz greifen wollte, um weiterzusuchen, öffnete sich die Autotür, und Barbara wurde von dem jüngeren Mann zu mir geschubst. Sie war nochmals von ihm im anderen Auto vergewaltigt worden! Meine arme Freundin! Sie reichte mir mein T-Shirt und meine Unterhose, die sie im letzten Moment ergriffen hatte, als der Mann sie aus dem Auto zerrte. Barbara war immer noch völlig nackt, und sie zog nun rasch den BH und ihre lange Hose an. Aber meine Jeans, unser Gepäck und auch unsere Brustbeutel und Portemonnaies waren weg!

Wir waren beide wie betäubt und sprachen kaum ein Wort. Der Mann fuhr los und verlangsamte nach einer Weile seine Geschwindigkeit, als wir offenbar an einen Stadtrand kamen. Doch noch etwa 100 Meter vor dem Ortseingang hielt er plötzlich an und befahl uns, auszusteigen, und er deutete mit der Hand nach vorne. Sodann fuhr er schnell davon. Sowohl Barbara als auch ich guckten auf sein Nummernschild, das wir gerade so im ersten Morgenlicht lesen konnten.

Da standen wir nun, halbnackt, ohne Gepäck, ohne Geld und ohne unsere Reisepässe, verloren auf einer einsamen Straße in einem Land, dessen Sprache wir nicht verstanden! Wir fühlten uns vollkommen hilflos und elend, doch dann riss ich mich zusammen und sagte zu Barbara: „Komm, ich glaube, da ist eine Tankstelle. Wir müssen irgendwie um Hilfe bitten und zur Polizei gehen."

Als wir schon fast an der Tankstelle angekommen waren, sprang uns Sabine entgegen! Schluchzend umarmten wir drei uns. Sabine lebte!

Der Mann, der dort arbeitete, bot uns an, uns erst einmal eine Weile in einem hinteren Raum auszuruhen, und breitete eine Wolldecke für uns auf dem Boden aus. Meine Beine zitterten so sehr, dass ich mich dankbar darauf setzte. Ich weinte immer noch, und Barbara umarmte mich tröstend. Sabine erzählte uns nun, dass der erste Mann sie insgesamt 3x vergewaltigt habe! Er habe sie in sein eigenes Haus entführt und ihr dort zunächst scheinbar freundlich Weintrauben und andere Dinge zum Essen angeboten, aber sie dann nochmals vergewaltigt. Dieser Teufel! Doch selbst danach war sein Trieb noch nicht befriedigt. Er hatte immer wieder von dem 'blonden Mädchen' gesprochen, mit dem ich gemeint war.

Sabine hatte versucht, ihm die Idee auszutreiben, und ihm erzählt, dass ich noch Jungfrau sei und er das respektieren müsse. Aber diese Worte stachelten den Mann leider nur noch mehr an, und er war fest entschlossen, 'die blonde Jungfrau Daniela' zu erobern. Weil ihm auf dem Weg zurück zu den anderen jedoch das Benzin ausging, konnte Sabine sich an der Tankstelle befreien. Sie sprang mit einem Satz aus dem Auto und zwang ihn, auch das Gepäck herauszugeben, indem sie androhte, sonst ganz laut um Hilfe zu rufen. Danach erzählte sie alles dem netten Mann in der Tankstelle, der jedoch nur meinte, dass er den Mann kenne und dieser gar kein übler Kerl sei!

Nun fühlte sich Sabine ganz schuldig, weil sie mit der Jungfrau-Geschichte genau das Gegenteil von dem erreicht hatte, was sie beabsichtigt hatte, und den fiesen Kerl nur noch mehr erregt hatte. Doch ich war dankbar, dass ich es geschafft hatte, zumindest zwei Männer von mir abzuwehren, während meine Freundinnen sogar mehrmals vergewaltigt worden waren. Ich fragte mich, wie es ihnen nun ging. Ich selbst fühlte mich furchtbar wund, besudelt und erniedrigt. Diese Dreckskerle! Was wohl passiert wäre, wenn ich mir Sabines Messer geschnappt hätte? Ob es mir irgendwie gelungen wäre, meinen Freundinnen damit zu helfen? Doch wahrscheinlich wäre es nur noch schlimmer für uns drei ausgegangen, und vielleicht hätten die Männer uns sogar umgebracht!

Wenigstens lebten wir noch und waren wieder frei, und wir hatten zum Glück auch unsere Kleidung, die Reisepässe und unser Geld wieder. Wir berieten miteinander, was wir nun tun sollten. Ich war fest entschlossen, zur nächsten Polizeistation zu gehen und die Männer anzuzeigen. Wir hatten ja die Nummer des Autos von dem einen Mann, und außerdem war der freundliche Mann in der Tankstelle ein Zeuge.

„Nee, es hat keinen Zweck", meinte Sabine jedoch. „Ich habe Euch doch schon erzählt, was er gesagt hat - 'er sei gar nicht so ein übler Kerl'..., und die Männer hier sind sicher sowieso alle Machos. Sie werden behaupten, dass wir selber Sex haben wollten und sie verführt hätten!"

Barbara stimmte ihr zu. „Ja, und selbst wenn sie das nicht sagen, dann glauben sie bestimmt trotzdem, dass wir schuld seien, da wir ja getrampt sind. Also, ich will nicht zur Polizei gehen, ich will einfach nur von hier weg - so schnell wie möglich!"

Obwohl ich nicht einverstanden war, fügte ich mich dem Willen meiner beiden Freundinnen, und wir beschlossen, den ersten Bus nach Madrid zu nehmen - also weit weg von hier! Ursprünglich hatten wir zwar einen anderen Ort im Sinn gehabt, doch der Bus nach Madrid würde eher ankommen.

Als Barbara ihren Rucksack aufsetzen wollte, stöhnte sie.

„Was ist denn?", fragte ich.

„Mein Rücken tut so weh, ich glaube, ich kann den Rucksack nicht tragen."

„Zeig doch mal her", sagte Sabine. Als wir uns nun Barbaras Rücken ansahen, wurde uns fast schlecht. Ihre Haut, die schon vorher einen grässlichen Sonnenbrand gehabt hatte, war nun aufgeplatzt, blutig und schmutzig, da sie mehrmals auf dem Kiesweg auf den Rücken geworfen und auf den spitzen Steinen vergewaltigt worden war. Sabine und ich überredeten sie, zu einer Apotheke zu gehen, um ein Mittel zum Desinfizieren zu kaufen. Doch der Mann in der Apotheke wollte die Wunde selbst sehen, um ihr das Richtige zu geben. Als Barbara ihm und einer Kollegin von ihm ihren Rücken zeigte, holten die beiden tief Luft. Inzwischen hatten sich schon blutige Blasen gebildet. Sie waren entsetzt und besorgt, doch wir wollten ihnen nicht viel erzählen und schoben alles nur auf einen üblen Sonnenbrand. Schließlich reinigte der Apotheker die Wunde sorgfältig und gab ihr dann eine Heilsalbe mit.

„Da kommt der Bus!", rief Barbara. Sie und Sabine waren erleichtert, von diesem Ort wegzukommen, so schnell es ging.


Im Bus hingen wir alle unseren Gedanken nach, und erst später redeten wir darüber. Sabine ärgerte sich immer noch, dass sie dem Mann gesagt hatte, dass ich noch Jungfrau gewesen war. Sie hätte sich doch denken können, dass das nicht helfen würde. Gleichzeitig war sie ein bisschen sauer, dass ich ihr den sympathischen Kellner im Restaurant auf der Insel ausgespannt hatte. Dabei war sie es doch gewesen, die sich nett auf Spanisch mit Miguel unterhalten hatte, während ich kaum ein Wort Spanisch sprach und er weder Deutsch noch Englisch. Sie fand es ungerecht! Doch sie dachte lieber darüber nach als an die entsetzlichen Geschehnisse der letzten Nacht. Wir waren stundenlang die Opfer dieser Männer gewesen!

Barbara saß vornübergebeugt im Bus, da es sie zu sehr schmerzte, wenn sie sich anlehnte. Ihr ganzer Körper fühlte sich wie zerschlagen an, und sie hasste alle Männer!

Ich hatte zum Glück nur Schmerzen zwischen meinen Beinen, und ich blutete ein bisschen. Ich war immer noch erzürnt, dass meine Freundinnen nicht zur Polizei gehen wollten. Nun würden die fiesen Kerle davonkommen und vielleicht noch anderen Touristinnen auf dieselbe Weise auflauern. Komischerweise verspürte ich keinen Hass auf alle Männer, sondern nur auf diese drei Typen. Selbst den fetten Mann, vor dem ich mich zuerst so sehr gefürchtet hatte, konnte ich nicht hassen. Aber ich würde mich gerne an dem Fahrer rächen!

Ob wir die netten Jungen aus Pamplona, die der ETA angehörten, wiedertreffen und sie dazu überreden könnten, eine Bombe auf sein Haus zu werfen? Aber das war ja absurd! Erstens hatten wir gar keine Adressen ausgetauscht, zweitens hatten wir überhaupt nichts mit ihnen zu tun, und drittens war ich mir nicht sicher, ob diese vier jungen Männer wirklich Terroristen waren. Sie schienen doch so nett zu sein! Ich schämte mich etwas für meine wilden Gedanken.

Ich bereute es nun, dass ich nicht schon früher mit einem sympathischen Jungen - oder auch mit Miguel - geschlafen hatte und dass ich nun ausgerechnet von einem gemeinen Vergewaltiger entjungfert worden war. Ich hatte schon mehrere Jahre lang einen Freund gehabt, aber irgendwie hatte es mit dem Geschlechtsverkehr nicht so richtig geklappt, und wir hatten uns immer nur stundenlang gestreichelt. Außerdem hatten wir uns schon mehrmals getrennt und waren dann doch wieder zusammengekommen; es war eine ziemlich komplizierte Beziehung.

Als ich früher einmal mit drei Schulfreundinnen in Griechenland im Urlaub gewesen war, hatten einige Männer dort behauptet, dass 95% aller deutschen Touristinnen Sex mit einem Griechen haben wollten. Nun, ich gehörte jedenfalls zu den restlichen 5%, und auch meine Freundinnen hatten erfolgreich alle Annäherungsversuche von ihnen abgewimmelt. Wir waren eher amüsiert als ärgerlich, da diese Griechen ansonsten sehr nett und lustig waren. Auf dem Rückweg in einem Zug im damaligen Jugoslawien waren wir allerdings entsetzt gewesen, als ein Schaffner uns angeboten hatte, uns in ein Erste-Klasse-Abteil zu begeben, dann aber selbst mitkam und uns streicheln wollte. So ein blöder Typ! Wir sprangen schnurstracks wieder aus dem Abteil heraus und saßen lieber in dem völlig überfüllten anderen Teil des Zuges.

Was bildeten sich manche Männer ein?

Doch es war schön mit Miguel gewesen! Auch wenn die Kommunikation mit ihm schwierig und auf Zeichensprache und einige spanische Ausdrücke beschränkt gewesen war, hatte ich die Zeit sehr genossen. Und obwohl er bestimmt oft mit den Touristinnen flirtete, so hatte er mir doch irgendwie das Gefühl gegeben, etwas Besonderes zu sein. Ich hatte zwar nur eine einzige Nacht mit ihm verbracht, aber ich sehnte mich nun nach seinen Liebkosungen. An ihn zu denken half mir, den Hass nur auf bestimmte Männer zu richten, statt alle Männer zu verabscheuen.

* * *

Endlich kamen wir in Madrid an. Es war heiß und laut in dieser riesigen Stadt, und die Luft schien stickig und voller Smog zu sein. Sabine schaffte es, schnell ein billiges Hotel ausfindig zu machen. Barbara und ich mussten zwar in einem Bett schlafen, aber das machte uns nichts aus. Es war recht breit, und wir waren ja schon daran gewöhnt, wie die Heringe in unserem kleinen Zelt zu liegen, mit dem Gepäck und einer stark riechenden Salami und anderen Lebensmitteln an einem Ende und verschwitzten Schuhen und Strümpfen am anderen Ende. Es gab leider keine Dusche, sondern nur eine

alte Badewanne. Doch was für eine Wonne, in dem sauberen Seifen-
wasser zu liegen! Wir alle drei hatten uns furchtbar gedemütigt und
beschmutzt gefühlt und genossen es nun, uns zu reinigen. Ich rieb
Barbara hinterher vorsichtig den Rücken mit der Wundsalbe ein. Sie
musste auf dem Bauch schlafen, da sie immer noch an großen
Schmerzen litt.

„Du bist echt tapfer!", meinte ich zu ihr. „Du hast ja fast gar
nicht geweint, obwohl es Dir doch am schlechtesten von uns allen
ergangen ist."

Wenn ich daran dachte, wie oft sie vergewaltigt worden war,
noch dazu auf den scharfkantigen Steinen, wurde ich schon wieder
total wütend. Diese brutalen Kerle! Ich hasste sie!

„Ich war so froh, als wir Sabine an der Tankstelle wiedergesehen
haben! Da musste ich auch schluchzen. Aber jetzt bin ich erstmal
dankbar, dass wir weit weg sind. Ich wollte wirklich keine Minute
länger in jenem schrecklichen Ort bleiben. Und toll, mal wieder in
einem weichen Bett schlafen zu können." Barbara lächelte mich an.

Aus irgendwelchen Gründen gab mir dies erneut einen Stich ins
Herz. Sie hatte so hübsche ausdrucksvolle Augen, und sie war wirklich tapfer. Und auch Sabine war so mutig gewesen! Immer wieder
kam mir das Bild in den Sinn, als der eine Mann schon über ihr
stand und sie mir zurief, dass sie ein Messer habe. Ich hätte meinen
Freundinnen so gerne geholfen, aber ich war einfach starr vor Angst
gewesen. Ich hatte Glück gehabt, dass der dicke Mann mir nichts
getan hatte und ich den nächsten Kerl abwehren konnte. Und plötzlich fragte ich mich, ob ich entkommen wäre, wenn ich dunkelhaa-
rig gewesen wäre. Ich wunderte mich ein bisschen, dass viele Spanier so fasziniert von meinen eigenen hellblonden langen Haaren
waren, die meiner Meinung nach viel zu dünn und glatt waren. Ich
fand meine Freundinnen viel attraktiver! Sabine hatte so schöne
sanft gewellte, glänzende Haare. Ich selbst war zwar nicht direkt ein
hässlicher Gnom, aber nie so ganz mit mir zufrieden.

Obwohl es sehr schwül war und der Ventilator und der Straßenverkehr in der Lautstärke miteinander wetteiferten, schliefen wir erstaunlich gut. Aber wir waren eben nach der entsetzlichen Nacht und der langen Busfahrt völlig erschöpft.

Auch am nächsten Tag war es furchtbar heiß. Wir fuhren mit der U-Bahn herum, um uns verschiedene Gegenden und ein Museum anzusehen. Einmal schreckte ich entsetzt auf. Ich hatte gedacht, meinen Vergewaltiger wiederzusehen! Doch es war nur ein anderer Mann, der eine ähnliche Figur hatte und in ungefähr demselben Alter sein musste.

„Denkt Ihr eigentlich auch ständig darüber nach, wie wir die Kerle umbringen könnten?", fragte ich. „Ich habe sogar schon an eine Bombe gedacht."

„Ich würde sie am liebsten alle kastrieren!", sagte Sabine sofort mit einer entschlossenen Stimme.

Barbara sagte nicht viel und schien das Ganze am liebsten schnell aus ihrem Bewusstsein löschen zu wollen.

\* \* \*

Obwohl wir noch einige schöne Tage in Spanien verbrachten, so war unsere Stimmung doch völlig verändert. Der unbekümmerte Spaß, den Urlaub zu genießen, neue Gegenden auszukundschaften und nette Menschen kennenzulernen, war nun von einem tiefen Misstrauen gegen alle Männer überschattet. Wir wagten es nicht mehr, Autos anzuhalten, sondern nahmen nun immer den Bus oder den Zug. Um Geld zu sparen, gingen wir selten in Restaurants, sondern aßen ständig Weißbrot mit Marmelade.

# Kapitel 4

Als wir wieder zu Hause in Deutschland waren, bemerkte ein Arbeitskollege von mir, dass ich etwas verändert war. Ich hatte mir eine innere Härte zugelegt und ließ mich nicht mehr so sehr von meinem Chef schikanieren, vor dem ich früher große Angst gehabt hatte. Ich hatte vor kurzem eine Ausbildung als Schreinerin in Münster begonnen, während Barbara und Sabine weiterhin in Bremen studierten. Durch unser schreckliches Erlebnis waren wir drei Freundinnen uns noch näher gekommen, und wir waren etwas traurig darüber, dass ich nicht mit den anderen beiden zusammenwohnte. Doch wir trafen uns ab und zu an Wochenenden.

Selbst nach einigen Monaten ärgerte ich mich immer noch sehr darüber, dass die Männer in Spanien straffrei ausgehen würden, und ich beschloss, mich mit einer Organisation für misshandelte Frauen in Verbindung zu setzen. Manuela, eine Frau, mit der ich mich dann traf, war sehr nett und verständnisvoll, meinte allerdings sofort, dass es keinen Sinn habe, den Mann, dessen Nummernschild ich mir gemerkt hatte, zu verklagen. Wir hätten keinerlei Chancen, einen Prozess zu gewinnen, und schon gar nicht nach solch einer langen Zeitspanne. Leider sei es wirklich so, dass Mädchen, die trampten, oft als 'Freiwild' von den Männern angesehen würden und dass man ihnen selber die Schuld gab, wenn sie vergewaltigt wurden. Egal, ob die Opfer aufreizende Mini-Röcke und tief ausgeschnittene T-Shirts oder so wie wir bequeme, unauffällige Kleidung beim Trampen getragen hatten, so hieß es dennoch oft: 'Sie hätten es ja gewollt'.

Ich war enttäuscht und gleichzeitig etwas erleichtert. Es hatte gut getan, sich mit jemandem auszusprechen, denn außer mit Sabine und Barbara hatte ich bisher mit niemandem über unsere Erfahrung gesprochen. Später erzählte ich noch einigen anderen Menschen und auch meiner Schwester Melanie sowie meinem Bruder Peter von meinem Erlebnis, und mit der Zeit fand ich es leichter, darüber zu reden. Nur meine Eltern sollten nie etwas davon erfahren.

Zum Glück war ich nicht schwanger geworden! Meine Freundinnen hatten in der Zeit 'die Pille' genommen, doch auch sie waren vorsichtshalber nach dem Urlaub zu einem Gynäkologen gegangen, um sich auf Geschlechtskrankheiten untersuchen zu lassen.

Immer noch schreckte ich zusammen, wenn ich einen Mann sah, der eine ähnliche Statur wie mein Vergewaltiger hatte, und alle grausamen Erinnerungen strömten dann wie eine gewaltige Flutwelle auf mich zu. Wenn ich ihn noch einmal wiedersehen würde, würde ich ihn umbringen! Und wenn mich jemals ein anderer Mann vergewaltigen würde, so würde ich den auch umbringen, schwor ich mir!

Kurz nach meinem Urlaub hatte ich Andreas, meinen Freund, wiedergesehen. Ich war mir nicht so ganz klar darüber, ob wir eigentlich noch zusammen waren oder nicht. Als ich ihm von meiner furchtbaren Erfahrung erzählen wollte, lehnte er sofort ab, irgendetwas darüber zu hören! Ich war geschockt und konnte es kaum fassen. Und das sollte mein Freund sein? Ich entschuldigte sein Verhalten mit seinen Depressionen, die ihn immer wieder befielen, doch sein Mangel an Mitgefühl oder seine Unfähigkeit, es auszudrücken, waren wie ein Dolch in meinem Herzen. Es schmerzte noch lange, nachdem wir uns definitiv getrennt hatten.

Erst Jahre später wurde mir wirklich bewusst, wie sehr ich mich durch seine damalige Ablehnung und mangelnde Aussprache verletzt fühlte, und noch weitere Jahre vergingen, bis ich ihm völlig verzeihen konnte.

# *Kapitel 5*

An einem langen Wochenende besuchten meine ältere Schwester Melanie und ich unseren Cousin Martin in Hamburg, wo er mit einem Kommilitonen zusammen in einer Wohngemeinschaft lebte. Wir kamen nachmittags an, kochten und aßen zusammen, und dann fuhren wir in eine Disko. Diese war viel größer als alle, die ich jemals zuvor gesehen hatte. Die Menschen auf der Tanzfläche bewegten sich dicht gedrängt im Rhythmus zur Musik, doch alle hielten einen großen Abstand zu einer jungen Frau, die sehr extravagant tanzte und so wild mit den Armen und Beinen herumschleuderte, dass einige Leute schon versehentlich einen schmerzhaften Tritt abbekommen hatten. Meine Schwester und ich standen am Rand, um uns nach dem Tanzen etwas zu verschnaufen. Die Luft war dick vom Rauch.

„Sie hat ja eine tolle Art, sich zu bewegen, aber sie sollte wirklich ein bisschen mehr Rücksicht auf die anderen nehmen!", meinte Melanie.

„Ja, es ist ein bisschen zu voll hier. Komm, lass uns mal was trinken gehen."

Auch an der Bar war es proppenvoll. Ein junger Mann wollte mir helfen und mich näher zur Theke ziehen, doch Melanie schlug ihm empört auf die Hand. Nachdem ich ihr meine Erlebnisse in Spanien erzählt hatte, verspürte sie einen großen Beschützerinstinkt und hasste alle aufdringlichen Männer.

„Melanie, er hat es doch nur gut gemeint", lachte ich amüsiert, und Melanie gab zu, dass sie etwas überreagiert hatte. Als wir zur Tanzfläche zurückkamen, fiel mir ein hübscher Typ auf. Er hatte lange blonde Haare, ein sympathisches Lächeln und die schönsten strahlenden Augen, die ich je gesehen hatte. Er schien mich auch zu bemerken, denn er grinste mich direkt an. Er sah unglaublich gut aus! Doch nun kam mein Cousin auf mich zu, den Melanie und ich zwischenzeitlich im dichten Menschengewirr verloren hatten.

„Da seid Ihr ja! Wollt Ihr noch lange bleiben? Wolfgang und ich sind schon ganz müde."

Nach einigem Hin und Her beschlossen Melanie und ich, noch eine Weile zu tanzen und dann später zu Martin nach Hause zu gehen. Wir wussten ja den Weg, und es war relativ nah. Beim Tanzen rückte ich näher an den nett aussehenden Typen heran, und Melanie tanzte nun mit einem jungen braunhaarigen Mann, der ihr aufgefallen war. Er hieß Uwe, und es stellte sich heraus, dass er ein Freund von Thomas war, dem blonden Mann, der mir so gut gefiel. Allmählich leerte sich die Tanzfläche, doch wir vier blieben bis zum Schluss. Wir genossen die gute Musik und tanzten, bis wir völlig atemlos waren. Melanie und Uwe hielten sich oft an den Händen, während die anderen für sich alleine tanzten. Jedes Mal, wenn ich Thomas ansah, war ich von seinem strahlenden Lächeln und seinen lustig funkelnden Augen überwältigt.

„Wir haben vergessen, Martin nach einem Schlüssel zu fragen", meinte Melanie. „Nun müssen wir ihn wecken, wenn wir nach Hause kommen."

„Komm doch mit zu mir", schlug Uwe vor. „Daniela kann bei Thomas übernachten, und dann fahren wir Euch beide morgen früh nach Hause. Dann braucht Ihr Euren Cousin gar nicht zu stören."

Melanie war zwar leicht beschwipst und in guter Stimmung, doch sie machte sich immer noch Sorgen um mich. Sie wollte ablehnen, aber ich hatte mich in Thomas verliebt und fand die Idee toll. Nach einer kurzen Diskussion willigten wir ein.

Zum Abschied umarmte mich Melanie. „Mach nur keinen Unsinn, okay?"

„Melanie, ich bin doch erwachsen. Mach Dich nicht wegen mir verrückt! Also dann, bis später!"

Und so trennten wir uns, und ich ging mit Thomas mit, der unterwegs seinen Arm um mich legte.

Seine Wohnung war urgemütlich und roch wunderbar nach Holz. Da es kalt war, gingen wir schnell ins Bett und schmiegten uns aneinander. Ich war plötzlich nervös, und meine Hände waren ganz klamm. Worauf hatte ich mich da eingelassen? Ich kannte Thomas doch überhaupt nicht. Außer von Miguel hatte ich mich noch nie zuvor zu solchen Liebesnächten hinreißen lassen, und Andreas war mein erster und bisher einziger Freund gewesen.

„Brr, Du hast ja eisige Hände", meinte Thomas. „Komm, wärm sie erst mal auf."

Er nahm meine Hände und steckte sie unter die Bettdecke. Er fing an, mich zu küssen und zu streicheln, und obwohl ich anfangs immer noch furchtbar verkrampft war, lockerte ich mich allmählich auf. Thomas roch so gut, und sein Körper war wunderschön! Seine Haut war wunderbar glatt und warm, und nach einer Weile zog ich mir mein T-Shirt aus. Thomas knetete nun meine Brüste, dann fuhr er in immer kleineren Kreisen mit den Fingerspitzen über meine Brustwarzen, bis er sie schließlich sanft zwischen Zeigefinger und Daumen massierte. Bei jeder Berührung meiner Brustwarzen spürte ich auch zwischen meinen Beinen eine fast unerträgliche Lust, und ich atmete schneller. Er küsste nacheinander meinen Mund, meine Brüste und meinen Bauch, und dann liebkoste er meine Schamlippen mit seiner Zunge.

Ich war etwas verlegen. Das hatte noch nie jemand getan! Trotz meiner inneren Zurückhaltung war ich unsagbar erregt, aber als er mit mir schlafen wollte, verkrampfte ich mich wieder, und es klappte einfach nicht. Wir waren beide total enttäuscht. Thomas drehte mir den Rücken zu und schlief schnell ein, während ich noch lange wach blieb und grübelte.

Am nächsten Morgen erzählte ich Thomas von der Vergewaltigung in Spanien. Erst wollte er mir nicht so ganz glauben, doch dann hörte er geschockt und mitleidig zu und umarmte mich liebevoll. Kurz danach kamen Melanie und Uwe, um mich abzuholen. Auch die beiden hatten nachts miteinander geschmust und schienen ineinander verliebt zu sein. Thomas und Uwe beschlossen, uns zu begleiten und noch mehr Zeit mit uns zu verbringen.

Als Melanie und ich erst am späten Vormittag endlich bei unserem Cousin ankamen und etwas verlegen unsere neuen Freunde vorstellen wollten, schnaubte Martin vor Wut.

„Spinnt Ihr eigentlich? Wo seid Ihr gewesen? Warum habt Ihr nicht angerufen?"

Er hatte schon alle Krankenhäuser in der Umgebung und auch die Polizei angerufen und sich wahnsinnige Sorgen gemacht. Wolfgang war morgens stundenlang durch die Gegend gefahren, um nach uns zu suchen, während Martin rastlos zu Hause geblieben und wie ein Tiger im Käfig hin- und her gelaufen war. Immer wieder hatte er auf die Uhr geguckt und war in immer größere Panik geraten. Und nun spazierten hier seine Cousinen mit ihren neuen Liebhabern herein, als wäre nichts passiert!

Melanie und ich machten uns riesige Vorwürfe, dass wir vor lauter Verliebtsein gar nicht auf die Idee gekommen waren, Martin wenigstens am frühen Morgen anzurufen und Bescheid zu geben, wo wir steckten. Es dauerte eine Weile, ihn wieder zu beschwichtigen. Auch Wolfgang guckte noch eine Weile ziemlich grimmig, nachdem er von seiner Suche nach uns zurückgekommen war.

Trotzdem verbrachten wir alle noch einen sehr schönen Tag zusammen, und Melanie und ich waren furchtbar traurig, als wir wieder abreisen mussten. Von unseren Emotionen überwältigt, passten wir im Zug nicht auf und stiegen in ein Wagenabteil ein, das später abgehängt wurde. Erst zu spät bemerkten wir, dass wir in einer ganz falschen Stadt landeten und nun wieder stundenlang mit einem anderen Zug zurück in unsere jeweilige Heimatstadt fahren mussten – sie nach Dortmund und ich nach Münster.

\* \* \*

Ich ließ mich zwar nicht mehr ganz so wie früher von meinem Chef unterbuttern, aber die Ausbildung zur Schreinerin war trotzdem die reinste Sklavenarbeit in dieser Firma, und ich hätte manchmal vor Wut heulen können. Doch ich dachte ständig an Thomas und malte mir romantische Stunden mit ihm aus, um die schwere Zeit besser zu überstehen. Ich ärgerte mich, dass ich in der einen Nacht mit ihm so verklemmt gewesen war, aber dennoch war es auch sehr schön gewesen, und ich hatte noch nie jemanden so sehr geliebt. Leider merkte ich schon bald, dass er mich zwar auch gern hatte, aber nicht wirklich in mich verliebt war. Und er gab zu, dass ich überhaupt nicht sein Typ war, da er rundliche Frauen mit schwarzen Locken mochte. Trotzdem besuchte ich ihn noch einige Male in den nächsten Jahren und verbrachte tolle Wochenenden mit ihm zusammen, auch wenn wir keinen Sex mehr miteinander hatten.

Meine Schwester hatte sich noch zweimal mit Uwe getroffen, aber dann schlief der Kontakt zwischen ihnen ein. Doch Melanie und ich redeten noch oft über unsere Erlebnisse in Hamburg.

Manchmal wünschte ich, dass ich Thomas früher kennengelernt hätte, unser Sex besser gewesen wäre und er mich entjungfert hätte!

# Kapitel 6

Eines Tages bekam ich eine hübsche Postkarte von Miguel, die Sabine mir übersetzen musste. Er schrieb, dass er die Zeit mit mir sehr genossen habe, obwohl sie leider sehr kurz gewesen sei. Sabine und ich schrieben ihm gemeinsam einen kleinen Brief zurück.

Ohne mir selber den genauen Grund erklären zu können, wollte ich wieder nach Spanien reisen. Ich überlegte auch, Miguel zu besuchen, aber hauptsächlich beschloss ich, einen dreiwöchigen Spanischkurs mitzumachen, der in einer kleinen Hafenstadt in Galicien angeboten wurde. Ich hatte nie das furchtbare Gefühl vergessen, als Barbara und ich uns halbnackt und hilflos gefragt hatten, wie wir mit unseren mangelnden Spanischkenntnissen jemanden um Hilfe bitten könnten. Und nun wollte ich diese Sprache lernen.

So fuhr ich also ein zweites Mal nach Spanien, doch diesmal ganz allein und ohne zu 'trampen'. Unterwegs hielt der Bus auch in Oviedo an. Ich sah angespannt aus dem Fenster. Würde ich einen der Männer wiedersehen, die uns damals vergewaltigt hatten? Ich verspürte den unbändigen Wunsch, den Mann umzubringen, der mich entjungfert hatte! Die Vorstellung, dass er und seine Freunde ungestraft davongekommen waren und noch andere Frauen vergewaltigen könnten, gefiel mir ganz und gar nicht. Wieder einmal hing ich düsteren Gedanken nach, als der Bus weiterfuhr.

Bis auf die Anfahrt, die jeder selbst planen musste, hatte die Organisation für den Sprachkurs alles prima geregelt und die Unterkünfte für alle Studenten bei Einheimischen im Ort gebucht. Fünf anderen jungen Menschen aus verschiedenen Ländern und mir wurde die ganze obere Etage eines Hauses zur Verfügung gestellt. Im unteren Geschoss wohnten die Besitzer, ein sehr nettes älteres Ehepaar. Das Haus stand direkt an einem See, und die Aussicht war wunderschön.

Am ersten Schultag mussten alle einen kleinen Test machen, und sodann kam ich in eine Klasse mit anderen Studenten, die so wie ich überhaupt keine Vorkenntnisse hatten. Zu meiner Überraschung sprach unsere Lehrerin nur Spanisch, doch irgendwie klappte es trotzdem recht gut mit der Verständigung. Fast den ganzen Tag mussten wir in der Schule sitzen und bekamen auch noch Hausaufgaben, doch die Lehrerin war sehr sympathisch. Und ich hatte die allernettesten Mitbewohner! Während sich einige andere Studenten schon nach kurzer Zeit in die Haare gerieten, hatten meine fünf Mitbewohner und ich einen riesigen Spaß zusammen. Da es eine internationale Gruppe war, sprachen wir meist Englisch.

„Das kann doch wohl nicht wahr sein. Du warst noch nie im Leben richtig betrunken?", fragte Holger, ein großer Mann aus Berlin, der schon ab und zu als Reiseführer in Südamerika gearbeitet hatte und nun seine Spanischkenntnisse in einem fortgeschrittenen Kurs verbessern wollte. Wir saßen alle zusammen in einem winzigen Restaurant, in dem es ausgezeichnetes und doch ganz billiges Essen gab. Ein dunkelroter köstlicher Wein wurde hier direkt aus einem riesigen Krug serviert. Ich lachte und streckte ihnen die vom Wein blau-violett gefärbte Zunge entgegen.

„Keine Chance, mich werdet Ihr nicht betrunken zu sehen bekommen!"

Ich mochte zwar sehr gerne Rotwein, trank aber nie mehr als zwei oder drei Gläser. Die anderen tranken oft Kakao mit Brandy oder Cola mit Rum, und einmal waren schon nachmittags alle etwas betrunken gewesen und hatten Holger zum Spaß ausgezogen und am ganzen Körper mit Sonnencreme eingeschmiert. Ich war zuerst total entsetzt gewesen, als sie ihm die Kleidung wegrissen, und wieder einmal musste ich an die Vergewaltigung denken. Aber als ich sah, dass er selbst einen riesigen Spaß hatte, machte ich zum Schluss sogar mit.

Sam, ein Engländer, hatte inzwischen eine Liebesbeziehung mit Ines, einer Dänin, angefangen, und daher musste ich mein Zimmer tauschen und nun mit Holger teilen, so dass Sam und Ines ein Zimmer für sich hatten. Doch das machte mir nichts aus, und Holger unternahm auch keine Annäherungsversuche. Allerdings war ich viel prüder und schüchterner als alle anderen, die oft ungeniert splitterfasernackt durch die Wohnung liefen. Einmal sah ich den Belgier mit baumelndem Glied am Ofen stehen, während er Omeletts für uns zubereitete. Da zog ich mich schnell in mein Zimmer zurück.

Nach einer Woche beschloss ich, am Wochenende nach Vigo zu fahren und Miguel dort zu besuchen. Leider hatte ich keine Telefonnummer, sondern nur die Adresse, und als ich nach vielem Herumfragen endlich das Haus gefunden hatte, war er nicht da. Stattdessen besuchte ich ganz spontan Maria, ein spanisches Mädchen, das Barbara und ich damals ebenfalls in dem Restaurant auf der Insel kennengelernt hatten. Marias ganze Familie war zu Hause und bereitete mir ein so herzliches Willkommen, dass es mir fast peinlich war. Zu meiner Überraschung stellte ich fest, dass Maria Miguel ganz gut kannte und sogar einmal mit ihm über mich gesprochen hatte. Er habe mich total nett gefunden, meinte sie und grinste mich verschmitzt an. Leider war es mit meinem Spanisch natürlich noch nicht weit her, so dass die Unterhaltung ziemlich mühselig war. Zum Schluss fuhr der Familienvater mich mit dem Auto zur Bushaltestelle, von der ich wieder einen Bus zurück nehmen konnte.

Holger hatte sich in eine winzige Frau verliebt, die alleine mit dem Motorrad durch Spanien reiste. Er hatte sie in einer Disko kennengelernt, in der alle unter freiem Himmel tanzten. Er war offenbar fasziniert von ihrem Mut. Doch wir anderen in der Wohngemeinschaft fühlten uns plötzlich, als ob ein ungebetener Gast unsere Gemeinschaft zerstören wollte. War es Eifersucht? Ich verstand nicht so ganz, was da vor sich ging, aber auch ich mochte die Frau überhaupt nicht. Sie passte eben nicht in unsere Gruppe. Allerdings lachten wir uns alle am nächsten Tag kaputt. Holger wollte sich neue Schuhe kaufen, da seine alten Turnschuhe bereits ziemlich zerfleddert waren. Er klapperte verschiedene Läden in dem kleinen Ort ab, doch alle Spanier amüsierten sich köstlich über seine Schuhgröße. Niemand verkaufte hier so riesige Schuhe!

Die drei Wochen verflogen im Nu, und bald hieß es Abschied nehmen. Meine fünf Mitbewohner und ich tauschten unsere Adressen aus und hofften, uns irgendwann einmal wiederzusehen. Am letzten Abend brachte der Besitzer des Hauses uns einen großen Topf voller gekochter Muscheln, die er selbst gesammelt hatte.

Die meiste Zeit in diesem Sprachurlaub hatte ich sehr genossen, und erst jetzt kam ich wieder ins Grübeln. Ich hatte niemandem aus meiner Wohngemeinschaft hier in Galicien von meiner Vergewaltigung erzählt, obwohl wir alle sehr offen und ehrlich miteinander umgegangen waren.

Aber auf einmal hatte ich wieder das dringende Bedürfnis, etwas gegen die gemeinen Männer zu unternehmen. Immerhin war ich nun in Spanien. Doch was sollte ich tun?

# Kapitel 7

Ich kam abends in Oviedo an. Ich wollte kein Geld für eine Übernachtung in einem Hotel oder einer Jugendherberge ausgeben und lief zunächst ziellos durch die Straßen. Meine anfängliche Unsicherheit wich plötzlich dem intensiven Gefühl, genau zu wissen, wohin ich gehen sollte. Also wanderte ich einfach immer weiter, bis ich schließlich an ein leerstehendes Haus kam. Im Vorgarten stand ein großes Schild 'Haus zu verkaufen'.

Ich sah mich kurz um und ging dann durch den Garten zum Hintereingang. Alles war ruhig. Mit Erleichterung sah ich, dass die Tür nur mit einem dünnen Seil zugebunden war. Ich suchte mein kleines Taschenmesser hervor und schnitt es durch. Dann ging ich entschlossen in das Haus und lehnte die Tür hinter mir wieder zu. Ich wagte es nicht, Licht anzuknipsen, doch im Licht der Straßenlaterne konnte ich gut genug sehen. Zu meiner Überraschung fand ich einige wunderschöne, gut erhaltene antike Möbel und auch ein großes altes Holzbett mit einer Matratze darauf. Hier würde ich also die Nacht verbringen. Hoffentlich gab es keine Flöhe oder Bettwanzen! Mir war zwar etwas mulmig zumute, und ich hatte keine Ahnung, was mir passieren könnte, wenn jemand mich hier erwischen würde, doch trotzdem schlief ich nach einer Weile ein. Früh am Morgen stand ich auf. Das Wasser war leider abgestellt, so dass ich mich nicht waschen konnte. Leise schlich ich aus dem Haus und machte mich wieder auf den Weg.

Erst im letzten Moment hatte ich die Idee gehabt, in Oviedo auszusteigen. Ich hatte noch einige Tage Urlaub, und im Bus war ich wieder einmal ins Grübeln gekommen, wie ich mich an dem Mann rächen könnte, der mir damals Gewalt angetan und mich gedemütigt hatte. Ich fühlte mich etwas lächerlich, aber auch sehr nervös. Was sollte ich nun eigentlich unternehmen? Ich wusste ja gar nicht die Adresse von dem 'Fahrer', wie Sabine, Barbara und ich ihn genannt hatten, um ihn von den anderen für uns namenlosen Männern zu unterscheiden. Und was konnte ich schon tun?

Tief in Gedanken wanderte ich durch die Straßen, bis ich allmählich wieder zu der Hauptverkehrsstraße kam, an dem auch der Bus angehalten hatte. Plötzlich entdeckte ich ein Gebäude, das mir bekannt vorkam. Ich erinnerte mich, dass wir damals genau gegenüber dieser Kneipe unsere Daumen herausgestreckt hatten, um ein Auto anzuhalten. Das war vermutlich unser großer Fehler gewesen! Die Männer hatten uns anscheinend von dort aus beobachtet und dann schnell ihren Plan gefasst. Ob sie öfter in diese Kneipe gingen? Ob sie überhaupt noch hier wohnten? Seit dem grässlichen Erlebnis waren nun schon zwei Jahre vergangen. Soviel ich wusste, hatte Barbara es tief in ihrem Innern vergraben und litt vermutlich mehr als Sabine und ich selbst unter dem, was vorgefallen war. Barbara und Sabine hatten inzwischen einige Selbstverteidigungskurse mitgemacht, doch ich vertraute lieber einer Waffe. Ein Freund hatte mir vor dieser Reise ein Gasspray geschenkt, das ich nun in meiner vorderen Hosentasche trug, wo ich es im Notfall schnell erreichen konnte. Am Morgen hatte ich es im Garten des leerstehenden Hauses noch einmal kurz ausprobiert, um sicherzugehen, dass ich das Tränengas richtig hielt und es mir nicht aus Versehen selbst in die Augen sprühte.

So früh am Morgen würde natürlich noch niemand in der Kneipe sein. Ich lief weiter und fand schließlich ein Straßencafé, in dem schon einige Leute saßen. Ich beschloss, erst einmal zu frühstücken. Ich war es nicht gewohnt, allein in einem Restaurant zu sitzen, doch ich genoss es, die Geschehnisse auf der Straße und die Menschen ringsum zu beobachten.

„Daniela!", rief da auf einmal jemand ganz laut. Ich traute kaum meinen Augen: Eine frühere Klassenkameradin an, die ich seit dem Abitur nicht mehr gesehen hatte, kam auf mich zu!

„Annette, was machst Du denn hier?"

„Ich habe einen Job als Kellnerin in einem Hotel. Ich studiere ja Spanisch und Französisch, und da habe ich in den Semesterferien erst eine Weile als Au-pair-Mädchen in Frankreich gearbeitet, und nun bin ich schon seit fast zwei Wochen hier. Ich wollte eigentlich noch weiter nach Santiago de Compostela, doch dann ist mir das Geld ausgegangen, und so bin ich hier hängengeblieben."

Annette plapperte munter drauflos, bis sie endlich fragte: „Und was machst Du hier? Ist ja echt verrückt, Dich plötzlich wiederzusehen!"

„Ich habe an einem dreiwöchigen Sprachkurs in der Nähe von Pontevedra teilgenommen, in O Grove. Kennst Du den Ort? Es ist eine hübsche kleine Hafenstadt. Es war spitze! Ich finde, dass Spanisch sehr schön klingt, aber leider kann ich es immer noch kaum sprechen und verstehen natürlich noch schlechter."

Ich lud sie zu einem Kaffee ein, und dann erzählte ich ihr von der Schule und von meinen netten Mitbewohnern in dem Haus am See.

„Doch nun muss ich demnächst wieder arbeiten", seufzte ich.

„Was machst Du denn beruflich?", wollte Annette wissen.

„Ich werde Schreinerin."

„Das ist ja super! Dann kannst Du ja bestimmt ganz tolle Möbel herstellen, oder?"

„Na ja, ich habe schon so einiges gelernt, aber oft muss ich nur den Handlanger für den Chef spielen, und der ist echt fies."

Ich konnte es kaum abwarten, die Ausbildung zu beenden, um dann woanders einen Job als Schreinerin zu finden. Ein netter Kollege hatte mich schon mal getröstet und mir gesagt, dass es auf jeden Fall nur besser werden könne. Warum er selbst in dieser Firma blieb, wusste ich nicht so genau. Aber er war schon recht alt und würde sowieso bald in Rente gehen. Ich war froh, dass Annette gar nicht fragte, was mich an diesen Ort gebracht hatte. Ich konnte ja schlecht sagen:

„Ach weißt Du, ich will jemanden umbringen."

Stattdessen fragte ich Annette: „Wie gefällt Dir denn der Job als Kellnerin? Wirst Du da nicht oft blöde von den Männern angemacht?"

Annette lachte. „Nun ja, manche Männer sind schon ein bisschen aufdringlich, vor allem, wenn sie betrunken sind. Doch die meisten sind ganz nett, und in dem Hotel sind ja auch viele Familien aus allen möglichen Ländern. Und zum Glück ist mein Chef total klasse. Er will mich heute sogar mal zu seiner Familie zum Abendessen einladen, da es mein freier Tag ist. Vielleicht kannst Du ja dann mitkommen?"

„Ich kann doch nicht einfach so zu wildfremden Leuten gehen", protestierte ich.

„Ach was, ich werde ihn einfach mal fragen. Er ist sehr an Menschen aus anderen Ländern interessiert, und er spricht sogar ganz gut Englisch. Wie kann ich Dich denn erreichen? Wo wohnst Du eigentlich?"

Ich gab ihr meine Handy-Nummer und sagte, dass ich noch keine Unterkunft für den nächsten Tag gefunden hätte.

„Du kannst doch ein Zimmer in dem Hotel nehmen!", schlug Annette vor. „Es gibt dort auch einige billige Zimmer, die etwas primitiver sind und kein eigenes Badezimmer haben. Willst Du sie Dir mal ansehen?"

Ich willigte ein, mit ihr mitzugehen. Nach dem langen Herumwandern in der Stadt war ich ziemlich erschöpft.

Das Hotelzimmer war winzig und hatte nur ein kleines Fenster, das auf einen gepflasterten Hinterhof mit einigen großen Blumenkübeln und einem leise plätschernden Brunnen hinausging. Die Einrichtung bestand aus einem schmalen, zu weichen Bett, einer Holzkommode und ein paar Haken an der Wand. Doch ich war mit dem Preis zufrieden und glücklich, mein Gepäck ablegen zu können, das ich seit gestern immerzu mit mir herumgeschleppt hatte. Das Bad und die Toilette waren auf demselben Flur und wurden gerade geputzt, als ich ankam. Ich war plötzlich furchtbar müde und legte mich eine Weile aufs Bett. Doch ich konnte nicht schlafen, denn meine düsteren Gedanken ließen mir keine Ruhe. Was sollte ich nur tun? Wie konnte ich den *'Fahrer'* finden, ohne dass er mich bemerken würde? Ich hatte momentan ganz kurze Haare, doch Annette hatte mich ja trotzdem sofort erkannt. Ob ich mir die Haare färben sollte?

Während ich einen Moment fest entschlossen war, mich zu rächen, so dachte ich im nächsten Augenblick wieder, dass ich völlig verrückt wäre und lieber sofort nach Hause fahren und alles vergessen sollte. Dann wieder wünschte ich mir innig, dass dieser gemeine Kerl nach Pamplona zu dem berühmten Stierrennen führe und dabei von einem Stier aufgespießt würde!

# Kapitel 8

Ich schrak auf, als ich ein Klopfen an der Tür hörte. Anscheinend war ich doch noch eingeschlafen. Annette stand strahlend am Eingang und erzählte mir, dass ihr Chef sofort eingewilligt habe und sich freue, mich kennenzulernen. Wir sollten beide um sechs Uhr abends ins Hotelfoyer kommen, wo er uns abholen würde. Ich war etwas verlegen.

„Meinst Du wirklich, ich kann einfach so zu fremden Leuten zum Abendessen gehen?"

„Na klar, kein Problem. Du wirst schon sehen, dass mein Chef total nett ist!", erwiderte Annette. „Also dann, bis später!"

Nachdem ich geduscht hatte, machte ich mich wieder auf den Weg. Nach einer Weile fand ich einen Friseur und ließ mir die Haare schwarz färben. Ich erkannte mich selbst kaum wieder! Danach bummelte ich noch durch die Altstadt und schlenderte durch unzählige schmale Gassen. Trotz meiner neuen Haarfarbe hatte ich immer noch Angst, plötzlich dem 'Fahrer' oder einem seiner Freunde gegenüberzustehen, und ich war ziemlich angespannt.

Als ich ins Foyer kam, wartete Annette bereits auf mich. Doch erst als ich zielstrebig auf sie zuging, bemerkte sie mich. Verblüfft meinte sie:

„Ich hätte Dich beinahe überhaupt nicht erkannt! Du siehst ja völlig anders aus! Doch es steht Dir gut! Wie bist Du denn auf die Idee gekommen?"

„Ach, ich wollte es einfach mal zum Spaß ausprobieren und sehen, was meine Freundinnen in Deutschland dazu sagen werden."

In dem Moment kam Pedro auf uns zu. Er war ein kleiner, sportlich aussehender junger Mann, der einen netten Eindruck machte. Mit einem herzlichen Lächeln begrüßte er Annette und mich und führte uns zu seinem Auto. Sobald er merkte, dass meine Spanisch-kenntnisse sehr begrenzt waren, sprach er in Englisch weiter.

„Leider spricht meine Frau fast gar kein Englisch", sagte er zu mir. „Doch sie kann ein bisschen Deutsch, da sie einmal eine Weile in Deutschland gearbeitet hat."

Nach einer kurzen Fahrt hielten wir an einem bunt gestrichenen hübschen Haus an. Auch Belinda, Pedros Frau, wirkte auf Anhieb sehr sympathisch. Zwei kleine Kinder, Anita und Edmundo, sahen uns etwas schüchtern, aber neugierig an. Zum Essen gab es einen asturianischen Bohneneintopf und später ein leckeres Gebäck mit Mandeln. Die beiden Kinder hatten inzwischen ihre Scheu über-wunden und plapperten eifrig drauflos. Annette mochte Kinder sehr gerne und beantwortete geduldig ihre endlosen Fragen. Ich war be-eindruckt, wie gut sie Spanisch sprach. Ich selbst unterhielt mich in einer Mischung aus Spanisch, Englisch und Deutsch mit der spani-schen Familie, und obwohl nicht immer alles verstanden wurde, lachten wir viel. Die Zeit verging wie im Flug, und schließlich fuhr Pedro uns wieder zurück ins Hotel.

Nachdem wir uns verabschiedet hatten, beschloss ich, die Kneipe aufzusuchen, von der aus die gemeinen Typen Barbara, Sabine und mich möglicherweise damals beobachtet hatten. Da es abends zu regnen begonnen hatte und es kühler wurde, zog ich mir eine lange schwarze Hose, eine langärmelige Bluse und meine dunkelblaue Regenjacke an.

Mein mulmiges Gefühl wurde immer stärker, je näher ich an die Kneipe kam. Als ich endlich dort ankam, war mir fast schlecht vor Angst. Ich hatte immer noch keinen genauen Plan. Mein Tränengas hatte ich vorsichtshalber dabei, doch ich hoffte, dass ich es nicht an-wenden müsste. Die Kneipe war gut gefüllt, und schon von Weitem hatte ich das Lachen und Reden der vielen Menschen darin gehört. Es waren hauptsächlich Männer und ein paar Frauen, die einhei-misch zu sein schienen, aber auch einige jüngere Leute, die wie Touristen aussahen. Das würde mir helfen, nicht sofort Aufsehen zu erregen. Ich hätte sonst vor Scham im Boden versinken wollen, wenn alle bei meinem Eintreten verstummt wären und mich neugierig angestarrt hätten. So aber ging ich unauffällig an den Tresen und bestellte mir einen Rotwein. Danach gesellte ich mich zu einer Gruppe von Touristen, die mit ihren Getränken in der Hand nahe der Theke standen und sich angeregt auf Englisch unterhielten. Ich ließ meine Blicke schweifen und stockte plötzlich. Mir wurde eiskalt. Da saßen der *'Fahrer'* und der jüngere Mann, der damals Barbara mehrmals vergewaltigt hatte, mit ein paar anderen Männern an einem Tisch an einem großen Fenster! Den *'Fahrer'* hatte ich sofort wiedererkannt, denn sein Bild hatte sich unauslöschlich in mein Gedächtnis eingebrannt. Doch auch bei dem anderen Mann war ich mir sicher, dass er es war. Ich hoffte verzweifelt, dass mein kurzes gefärbtes Haar meine Erscheinung genug verändert hatte, um nicht von ihnen erkannt zu werden.

In dem Moment stieß mich jemand an, so dass ich etwas Rotwein verschüttete.

„Oh, Entschuldigung", sagte er auf Spanisch. „Ich bestelle Dir einen neuen Wein."

Ich war immer noch wie gelähmt vor Schreck. Nun hatte ich also wirklich zwei der fiesen Kerle wiederentdeckt! Meine Beine fühlten sich ganz schwach an, und meine Hände zitterten. Ich leerte den restlichen Wein mit einem Schluck und nahm dankbar das neue Glas entgegen.

„Hi, ich bin Fernando", stellte sich der junge Mann nun auf Englisch vor, der mich aus Versehen angerempelt hatte.

„Hallo, ich bin Daniela", lächelte ich zurück, ohne ihm jedoch viel Aufmerksamkeit zu schenken. „Lebst Du hier in Oviedo?"

„Nein, aber ich bin schon seit einiger Zeit in diesem Ort", antwortete Fernando. „Und was machst Du hier?"

„Ich bin nur auf der Durchreise. Ich muss bald wieder zurück nach Deutschland."

Nun erst sah ich Fernando genauer an. Er hatte ein sehr sympathisches Gesicht, längere schwarze Haare und sah mit seinem Poncho wie ein Südamerikaner aus.

„Kommst Du aus Peru?", fragte ich.

„Nein, aus Bolivien. Da drüben am Tisch sitzen meine Freunde. Wir machen Straßenmusik. Wir waren übrigens vor kurzem in Deutschland." Sein Englisch war zwar nicht so ganz korrekt, doch ich war überrascht, dass er es überhaupt sprach.

„Wo hast Du so gut Englisch gelernt?", fragte ich ihn.

Fernando erzählte mir, dass er eine Weile in England, Irland und Schottland gelebt habe, und lud mich ein, seine Freunde kennenzulernen. Er führte mich zu dem Tisch und stellte mich seinen vier Freunden vor, die ebenfalls alle hübsche Ponchos trugen. Sie begrüßten mich fröhlich und scherzten ausgelassen mit Fernando und mir, sprachen jedoch in so einem schnellen Spanisch, dass ich nicht viel verstand. Ich war zwar froh über die Ablenkung, doch meine Blicke schweiften immer wieder zu dem anderen Tisch in der hinteren Ecke.

Der 'Fahrer' und sein Freund schienen sehr beliebt zu sein, denn ab und zu gingen andere Männer zu ihnen hin und sprachen sie an. Vor lauter Nervosität kippte ich auch diesen Rotwein viel zu schnell hinunter. Und schon brachte Fernando mir ein neues Glas.

Da ich bereits bei Pedro zwei Gläser Wein zum Abendessen getrunken hatte, wurde mir plötzlich ganz übel. Ich rannte zur Tür hinaus und erbrach mich in hohem Bogen auf die Straße. Ich lehnte mich zitternd an die Wand, und Tränen stiegen mir in die Augen. Mein Hals brannte sauer, und ich verfluchte mich selber. Ausgerechnet jetzt, wo ich doch gerade meine Kontrolle behalten sollte, war ich zum ersten Mal betrunken! Ich schluckte mühsam, und wieder stieg die Galle in mir hoch.

Oh nein! Nun sah ich jemanden in der Ferne, der ungewöhnlich riesig und dick war. Das war doch … das war … der andere Freund des 'Fahrers'! Ich musste von hier verschwinden! Um kein Aufsehen zu erregen, zwang ich mich, nicht zu rennen, und ging langsam um die Ecke der Kneipe, wo ich mich in einen dunklen Winkel hockte. Der Regen sprühte mir fein ins Gesicht, und ich leckte mir die Lippen, um mit dem Regenwasser den grässlichen Geschmack in meinem Mund loszuwerden. Als ich lautes Stimmengewirr hörte, wurde mir bewusst, dass ich ganz dicht bei dem Fenster war, an dem der 'Fahrer' mit seinen Freunden saß. Ich spitzte die Ohren.

„Hallo, Juan", begrüßten sie jemanden. Ob das der fette Mann war?

„Daniela!" Direkt vor mir stand auf einmal Fernando und legte mir fürsorglich meine Regenjacke um. „Was ist denn los? Wir haben uns Sorgen gemacht!"

Ich war verlegen. „Ich habe zu viel Wein getrunken", gab ich zu.

„Komm erst mal wieder rein, Du wirst ja ganz nass!"

Doch ich hatte allen Mut verloren und wollte nicht mehr in diese Kneipe hineingehen. Außerdem war mir furchtbar übel.

Fernando sah mich besorgt an. „Warte hier. Wir werden Dich nach Hause fahren."

Nach nur kurzer Zeit kamen seine Freunde laut lachend heraus, und sie fuhren mich in einem alten Bus zurück zu meinem Hotel. Unterwegs verspürte ich noch einmal einen Anflug von Angst. Auf was hatte ich mich nun schon wieder eingelassen? Ich war wohl verrückt, mit völlig fremden Männern nachts durch die Gegend zu fahren! Doch die fünf Bolivianer waren nette und fröhliche Menschen und brachten mich direkt vor die Haustür.

„Komm doch morgen Mittag mal zum Park, da werden wir ein Konzert geben", schlug Fernando vor. Er gab mir die Adresse und verabschiedete sich.

# Kapitel 9

Ich wachte mit einem Brummschädel auf, und mir war immer noch etwas flau. Jedoch schaffte ich es, zum Frühstück ein Käseomelett und einen Milchkaffee zu verspeisen, und danach fühlte ich mich schon viel besser. Es war ja kaum zu glauben, dass ich die fiesen Kerle - zumindest drei von den vier Männern - wirklich so schnell ausfindig gemacht hatte. Anscheinend war das ihre Stammkneipe. Doch was nun?

Ich beschloss, Fernandos Einladung zu folgen und mir einmal die Straßenmusik der Bolivianer anzuhören. Sie waren alle fünf so lustig und vergnügt gewesen!

Eine große Menschenmenge hatte sich schon in dem Park versammelt. Es war Samstag, und viele Eltern waren mit ihren Kindern zusammen erschienen, um sich die Musik anzuhören. Außerdem sah ich jede Menge Touristen und Leute, die wie Studenten aussahen. Es herrschte eine fröhliche Stimmung, und auch der Regen hatte zum Glück vormittags aufgehört.

„Hallo, Daniela!", rief Fernando mir schon von Weitem entgegen. „Wie geht es Dir?"

Er saß bereits mit seiner Truppe bereit, alle wieder traditionell gekleidet, und sie fingen nun mit ihrer Musik an. Sie hatten unter anderem Panflöten und Charangos (Musikinstrumente, die Gitarren ähneln) und spielten eine melodische Musik. Einige Leute fingen spontan zu tanzen an. Auch die Musiker tanzten und schienen selbst viel Freude an ihrer Musik zu haben, und Fernando strahlte mich an. Er war echt süß. Ich lächelte zurück und setzte mich auf meinen kleinen Rucksack ins immer noch nasse Gras. Als ich mir die Leute ringsum anguckte, entdeckte ich schon wieder den 'Fahrer'! Diesmal war er mit einer Frau und zwei Kindern zusammen - sicher seine Familie. Er grinste breit, und ich verwünschte ihn innerlich. Wenn seine Familie wüsste, was für ein schreckliches Monster er war! Wie er wohl seine Frau behandelte?

Seine Tochter war ungefähr zwölf, sein Sohn circa vierzehn oder fünfzehn Jahre alt, und sie sahen ziemlich gelangweilt aus. Seine Frau war etwas mollig und sehr klein, aber recht hübsch. Ich schätzte sie auf Mitte dreißig und ihn auf Anfang vierzig. Seine Freunde aus der Kneipe konnte ich diesmal nirgendwo sehen, doch er schien auch hier wieder viele Bekannte zu haben und unterhielt sich lebhaft mit allen möglichen Leuten. Seine Kinder entdeckten ein paar Freunde in der Nähe und gesellten sich nun zu ihnen.

Wo seine Familie wohl damals gewesen war, als er Sabine in sein Haus entführt und dort vergewaltigt hatte?

Mir wurde schon wieder etwas übel, doch diesmal nicht vom Rotwein. Obwohl ich normalerweise schon Schwierigkeiten hatte, eine Fliege zu töten, hatte ich in den letzten zwei Jahren immer wieder davon geträumt, den *'Fahrer'* umzubringen. Doch so etwas zu denken, war leichter, wenn man dem Menschen nicht gegenüberstand! Ich hatte mir immer ausgemalt, dass es nach einem Unfall aussehen sollte und dass ich selbst niemals als Schuldige erwischt würde. Trotzdem fühlte ich mich heute wieder etwas mutiger, vor allem inmitten all der Leute und am hellen Tag. Langsam ging ich näher an das Ehepaar heran, um ihre Unterhaltung mithören zu können.

„Hallo, Antonio", wurde der *'Fahrer'* nun gerade von jemandem angesprochen, den er mit „Hallo, Lucio" begrüßte. Nun wusste ich also endlich den Vornamen meines Vergewaltigers! *Antonio!*

Seine Frau sagte etwas zu ihm, das ich nicht verstehen konnte, und ging dann zu einer Gruppe von Frauen. Antonio unterhielt sich nun mit seinem Freund Lucio, wobei beide ihre Blicke auf zwei Mädchen gerichtet hielten, die blonde, gewellte, lange Haare hatten. Antonio grinste anzüglich, als Lucio offenbar einen Scherz machte. Ich ärgerte mich, dass mein Spanisch immer noch so dürftig war. Die laute Musik machte es noch schwerer, die Worte zu verstehen. Ein anderer Mann brachte ihnen nun Getränke, und ich wünschte mir, heimlich ein tödliches Gift in Antonios Bier zu tun! Ich ging noch ein bisschen näher an ihn heran, obwohl sich die Haare auf meinen Armen bereits vor Ekel aufrichteten. Wenn ich ein Hund wäre, würden sich nun meine Nackenhaare aufstellen, dachte ich plötzlich und kicherte hysterisch. Ich riss mich zusammen, doch dann machte ich fast einen Satz, als jemand mir unerwartet auf die Schulter klopfte.

„Hallo Daniela, ich hatte schon gehofft, dass ich Dich hier treffen würde!", sagte Annette. „Eine fröhliche Musik, ne?"

„Hast Du heute auch frei?", fragte ich, nachdem ich mich von dem Schrecken erholt hatte.

„Nur heute Mittag, doch heute Abend muss ich wieder arbeiten. Was hast Du denn noch so vor?"

Bevor ich antworten konnte, meinte Annette:

„Weißt Du was? Wir können heute Abend zusammen in eine Disko gehen, falls es Dir nicht zu spät wird. Ich muss nämlich bis 11 Uhr arbeiten."

„Mal schauen. Du kannst ja dann an meine Tür klopfen, wenn Du fertig bist", entgegnete ich.

In dem Moment sah sich Antonio um und schaute mich direkt an. Mein Herz schien einen Moment stillzustehen. Doch sein Blick verweilte nur kurz auf mir und fiel dann auf Annette.

„Hallo, Ihr Hübschen", sagte er gut gelaunt. Während ich mich versteifte, lächelte Annette freundlich zurück. Sie war fast einen Kopf größer als er, aber das schien ihn nicht zu stören. Annette hatte dichtes Wuschelhaar, lange Beine und einen üppigen Busen, den er lüstern anstarrte. Zwar nur einen kurzen Moment, doch ich hatte es trotzdem bemerkt.

„Komm, ich stell Dir mal die Musikanten vor", sagte ich schnell und ergriff Annettes Arm. Die Gruppe machte gerade eine Pause, und ich ergriff die Gelegenheit, mich von Antonio zu entfernen, bevor dieser zu aufdringlich wurde. Annette war ganz überrascht, dass ich Fernando und die anderen Bolivianer kannte. Alle begrüßten sie freundlich, und José fasste vorsichtig eine ihrer blonden Locken an.

„Wie schön!", meinte er.

Annette lachte. Sie war es schon gewohnt, dass viele Leute in Spanien ihre hellblonden Haare und himmelblauen Augen bewunderten. Unbeschwert plapperte sie auf Spanisch drauflos und fragte, ob sie auch mal Panflöte spielen dürfe. Sie brachte natürlich fast gar keinen Ton hervor, und alle amüsierten sich köstlich.

# Kapitel 10

Kurz danach ging es mit der Musik weiter. Annette und ich hörten noch eine Weile zu, doch dann beschlossen wir, zusammen durch den großen Park zu wandern und später irgendwo in einem Restaurant etwas zu essen. Obwohl wir früher zusammen in einer Klasse gewesen waren, kannten wir uns nicht besonders gut. Doch wir erzählten uns vergnügt von unseren früheren Reisen in verschiedenen Ländern. Nur von meinem furchtbaren Erlebnis vor zwei Jahren wollte ich ihr nichts sagen.

Wir bewunderten die riesigen Bäume, die auf beiden Seiten der breiten Wege angepflanzt worden waren. Es gab Platanen, Eichen, Schwarzpappeln und Kastanienbäume. Ab und zu tropfte es immer noch von den Bäumen, und die Luft war angenehm frisch. Einige Enten und Schwäne zogen gelassen ihre Bahnen auf einem Teich.

„Sieh mal, da ist ein Pfau!", rief Annette begeistert. „Und da sind noch mehr!"

Wir versuchten, einen Pfau zu fotografieren, als er sein wunderschönes buntes Rad schlug. Es war gar nicht so einfach, den richtigen Moment abzupassen, da sich der Pfau ständig hin- und herdrehte und vor den Weibchen angab, die ihn jedoch kaum beachteten. Amüsiert folgten Annette und ich den Tieren auf kleinen, verschlungenen Pfaden, bis es uns endlich gelang, ein paar gute Fotos von dem imposanten männlichen Pfau zu machen.

Annette stutzte plötzlich. „Hast Du auch was gehört?"

Wir beide standen still und lauschten. Wir vermeinten, ein unterdrücktes Keuchen zu hören! Während auf den Hauptwegen einige Leute spazieren gegangen waren, war uns auf den kleinen Pfaden kein Mensch mehr begegnet. Nun hörten wir ein Schluchzen. Es war unheimlich! Leise und vorsichtig gingen wir weiter. Ich hielt wieder einmal das Tränengas in meiner Hosentasche umklammert, bereit, es jederzeit anzuwenden.

Da! Wieder hörten wir einen gedämpften Schrei! Wir schlichen noch ein bisschen weiter und hielten den Atem an.

„Ich glaube, die Geräusche kommen von dort", flüsterte ich und zeigte in eine Richtung. Langsam kämpften wir uns durch ein dichtes Gebüsch und pirschten uns dann an einen dicken Baum heran, der auf einer kleinen Erhebung wuchs. Von hier spähten wir auf einen Teich und auf eine von Bäumen und Büschen umgebene Grasfläche, die nur von einem schmalen Pfad zu erreichen war. Was wir dort sahen, sollte sich für immer in unser Gedächtnis eingraben!

Vier Männer hatten sich schwarze Masken aufgesetzt, die mich an den Banditen 'Zorro' denken ließen, den ich einmal in einem Film gesehen hatte. Jeweils zwei von ihnen hielten eine junge Frau fest. Ich erkannte, dass es die hübschen blonden Frauen waren, die ich zuvor bei dem Konzert gesehen hatte. Die Männer hatten ihnen Knebel in den Mund gesteckt, und eine Frau war bereits halbnackt und hing schlaff zwischen zwei Männern, die sie über den Boden schleiften und offenbar an einen Baum am Teich fesseln wollten. Die andere Frau wehrte sich immer noch verzweifelt und trat mit den Beinen gegen den einen Mann, während der andere ihre Arme festhielt. Sie kämpfte wie eine Wilde und bäumte sich auf, bis ihr einer der Männer mit der Faust mitten auf die Nase hieb. Sofort strömte Blut hervor. Der andere Mann lachte hämisch, und mir gerann das Blut in den Adern. Das war Antonio!

Ohne nachzudenken, rannte ich auf ihn zu und sprühte ihm das Tränengas mitten ins Gesicht! Antonio brüllte entsetzt und hielt sich das Gesicht.

„Ich kann nichts sehen!", heulte er vor Wut. Der Mann neben ihm versuchte, mich zu packen, doch er erwischte nur meine linke Hand, und ich sprühte auch ihm das Gas in die Augen. Die fremde Frau war nun frei, und sie nahm einen dicken Stock und schwang ihn in wilder Verzweiflung mitten auf den Kopf des Mannes, der sie auf die Nase geboxt hatte. Der Mann schwankte etwas, verdrehte die Augen und sackte zu Boden. Die Frau keuchte und riss sich den Knebel vom Mund. Ihre Nase blutete heftig.

Annette, die einen Moment wie erstarrt stehen geblieben war, hatte einen großen Stein gefunden. Mit einem lauten Schrei rannte sie auf die anderen beiden Männer zu und warf den Stein aus einer Entfernung von etwa fünf Metern einem von ihnen an den Kopf. Sie traf seine Schläfe, und er fluchte. Nun kam er drohend auf Annette zu, mit einem Messer in der Hand!

„Daniela!", schrie sie verzweifelt.

Ich rannte, so schnell ich nur konnte, auf ihn zu, und ich sprühte auch ihm das Tränengas ins Gesicht. Es schien überhaupt nicht zu wirken! Die Hand mit dem Messer war schon direkt vor Annette! Gerade als er damit ausholen wollte, sprühte ich ihm in panischer Angst nochmals eine gewaltige Ladung von dem CS Reizgas ins Gesicht. Er griff sich stöhnend an die Brust und fiel keuchend auf den Boden.

Antonio war mit einem Satz mitten in den Teich gesprungen, um sich das Reizmittel aus den Augen zu waschen. Jetzt kam er drohend wieder an, seine brennenden Augen auf Annette und mich gerichtet. Die Maske hatte er abgerissen, und sein Gesicht war knallrot. Aus seinem Mund tropfte Speichel.

Der vierte Mann hatte es inzwischen geschafft, die eine Frau an den Baum zu fesseln. Auch er kam nun auf uns zu, um Antonio zu helfen. Ich war in Panik. Ob das Tränengas zu schwach war? Wie viel war noch in der kleinen Dose übrig? Ich hatte gehofft, dass die Männer sofort umkippen und ihr Bewusstsein verlieren würden.

Annette machte plötzlich kehrt und sauste ganz schnell zurück zu dem Baum. Zu meiner Überraschung hielt sie dort an und ergriff einen riesigen Ast, der auf dem Boden lag. Nun kam sie wieder zurückgelaufen, den Ast fest in beiden Händen. Mit einer Kraft, die ich ihr kaum zugetraut hätte, schleuderte sie ihn gegen Antonios Knie. Im selben Moment kam nun auch die andere Frau zu Hilfe. Sie schwang ebenfalls ihren dicken Stock, doch der vierte Mann war schneller und packte ihren Arm, den er grob verdrehte. Sie schrie vor Schmerz, ließ den Stock fallen und versuchte voller Verzweiflung, sich zu befreien. Ich wagte nicht, ihn mit dem Gas zu besprühen, da ich dann auch die Frau treffen würde. Gehetzt sah ich mich um. Was konnte ich als Waffe benutzen? Mein kleines Taschenmesser würde nutzlos sein!

Annette kämpfte mit Antonio, und beide hielten nun jeweils ein Ende des langen Knüppels. Obwohl Antonio hustete und schniefte, war ich mir sicher, dass er viel stärker war als Annette. Ich rannte zu ihm und sprühte ihm nochmals eine Ladung von dem CS Reizgas auf Mund und Nase, und gleichzeitig trat ich mit aller Wucht gegen sein Knie. Wie ich diesen Widerling hasste! Antonio fiel wimmernd ins Gras und übergab sich.

Nun wandten sich Annette und ich gemeinsam gegen den vierten Mann, der immer noch den Arm der jungen Frau gepackt hielt. Deren Gesicht war weiß vor Schmerz, und ihr lief weiterhin das Blut aus der Nase. Bei der Rauferei hatte sich die Maske des Mannes verschoben, und ich erkannte nun, dass er der 'jüngere Mann' war, der damals meine Freundin Barbara dreimal vergewaltigt hatte! Mit einem heiseren Schrei stürzte ich mich auf ihn. Er ließ die Frau los, um sich gegen Annette und mich zu verteidigen. Mit Schrecken sahen wir, dass er nun auch plötzlich ein Messer in der Hand hielt! Er stach auf mich ein und verletzte mich am linken Arm. Mehr vor Wut als vor Schmerz heulte ich laut auf.

Annette hatte den kurzen Stock ergriffen, den die Frau im Gerangel verloren hatte, und knallte diesen nun auf den Kopf des Mannes. Er stöhnte und griff sich mit der linken Hand an den Kopf. Aus einer dicken Platzwunde sickerte das Blut. In der rechten Hand hielt er immer noch das Messer. Diesmal stach er auf Annette ein, die jedoch den Knüppel auf sein Handgelenk hinuntersausen ließ, so dass das Messer aus seiner Hand flog. Die Fremde umklammerte ihn nun von hinten, während ich ihm einen Tritt in die Hoden gab. Er keuchte, doch es gelang ihm, die Frau von sich abzuschütteln, und er versuchte, das Messer wieder aufzuheben. Da schlug Annette ihm nochmals mit Wucht den Ast auf den Kopf, und er brach zusammen. Sie starrte entsetzt auf seinen Kopf, aus dem das Blut nun viel schneller floss. Ihre Augen tränten heftig, und ich wusste nicht, ob es von dem Schock oder von dem Reizgas kam. Auch meine Augen brannten höllisch.

„Ilka, hilf mir!", rief die Frau halb erstickt, die immer noch an den Baum gebunden war und es nicht schaffte, die Knoten des Seils zu lösen. Auch der Knebel war noch in ihrem Mund, hatte sich jedoch etwas verschoben. Ilka schnappte sich das Messer und lief zu ihrer Freundin, um sie zu befreien.

Annette und ich sahen auf die vier Männer. Antonio und einer seiner Freunde hockten weiterhin röchelnd auf dem Boden, und die anderen beiden Männer lagen da wie tot. Mir war es speiübel, doch ich zwang mich, auf Antonio zuzugehen. Er krümmte sich wie ein elender Wurm, er spuckte und keuchte, seine Nase tropfte, und seine Augen waren wässerig und blutunterlaufen. Ich sah ihn lange an.

Zwei Jahre lang hatte ich davon geträumt, diesen Mistkerl zu lynchen. Doch nun wusste ich, dass ich ihn leben lassen würde. Ich hasste ihn immer noch zutiefst, doch ich brachte es nicht fertig, ihn umzubringen.

„Du elendes Schwein!", sagte ich voller Verachtung.

# *Kapitel 11*

Annette hatte sich wieder gefangen. Sie holte ihr Handy aus ihrer Handtasche und rief ihren Chef an. Mit wenigen Worten erklärte sie ihm, dass er sofort die Polizei und einen Krankenwagen bestellen müsse. Dann riss sie das T-Shirt des blutenden Mannes in Streifen und wickelte ihm einige davon um den Kopf. Er stöhnte leise und wollte ihre Hand ergreifen, sackte aber kraftlos wieder zusammen. Sodann ging Annette zu dem anderen leblos daliegenden Mann und nahm ihm die Maske vom Kopf. Vorsichtig drehte sie ihn auf die Seite.

„Das ist ja Lucio!", rief ich.

„Ist er tot?", fragte Ilka entsetzt, die nun mit ihrer Freundin Marita zusammen neben sie und Annette trat. Marita fühlte seinen Puls.

„Er lebt noch. Seine Kopfwunde sieht gar nicht so schlimm aus wie die von dem anderen Typen. Ob er wohl einen Herzanfall gekriegt hat?"

„Hoffentlich wird der Krankenwagen schnell kommen", sagte Ilka beklommen. Obwohl der Typ anscheinend ihre Nase gebrochen hatte, schien sie Mitleid mit ihm zu haben.

„Daniela! Dein Arm!", rief Annette.

Ich hatte mich gar nicht um die Schnittwunde gekümmert und bemerkte jetzt erst, dass sie stark blutete. Annette legte nun auch mir einen Verband mit einem Fetzen des T-Shirts an, so gut es ging.

„Was sollen wir mit den anderen beiden machen, die nicht bewusstlos sind? Ich weiß nicht, wann die Polizei uns hier finden wird", meinte ich besorgt. Ich hatte Angst, dass die Männer entkommen könnten.

„Helft mir!", sagte Annette entschlossen.

Gemeinsam zogen wir erst Antonio und dann dem anderen Mann die langen Hosen herunter. Antonios Kleidung war klatschnass, und aus seinen Schuhen floss grünliches Wasser, das ein bisschen Enten-grütze aus dem Teich enthielt.

„Stefano!", krächzte Antonio hilflos.

Beide waren zu schwach, um gegen uns vier junge Frauen anzu-kämpfen. Sie konnten immer noch kaum atmen. Mit zwei Gürteln fesselten wir ihnen die Hände auf den Rücken und schleiften sie dann eine kurze Strecke zu zwei jungen Bäumen, wo wir sie mit ih-ren eigenen Hosen anbanden.

Einen Moment lang dachte ich wieder daran, dass Sabine unsere Vergewaltiger damals kastrieren wollte. Nun hätte ich die Gelegen-heit dazu! Ich nahm mein Taschenmesser aus der linken Hosenta-sche und sah beiden Männern in die Augen. Antonios Augen blin-zelten heftig, und Stefanos Augen weiteten sich entsetzt, und er rö-chelte und spie auf den Boden. Doch ich steckte das Messer wieder ein. Es war schon eine Genugtuung, sie hilflos und schniefend in ih-ren Unterhosen an die Baumstämme gefesselt zu sehen.

Ilkas Nasenbluten hatte nun endlich aufgehört, doch ihre Nase und auch ihr Arm schmerzten bestimmt furchtbar. Sie war wieder zu Lucio gegangen, der immer noch völlig reglos dalag. Ilka starrte ihn an und schien von den Erlebnissen wie betäubt zu sein. Marita war völlig verschmutzt, und sie hatte ein verschwollenes, bläulich ange-laufenes Gesicht und ein blutiges Knie. Sie hatte ihr T-Shirt und ihre Shorts, die ihr die Männer bereits vom Körper gerissen hatten, in-zwischen in einem Busch gefunden und sich rasch angezogen.

„Ich bin so froh, dass Ihr uns geholfen habt!", sagte sie. „Wir wollten ein bisschen spazieren gehen, und da kamen auf einmal die-se Männer hinter uns her und haben uns ins Gebüsch gezerrt. Sie wollten uns vergewaltigen! Ich habe mich erst gewehrt, bis mir ei-ner mit der Faust ins Gesicht geschlagen hat. Und dann habe ich nur noch gedacht, dass sie uns umbringen werden, wenn wir uns weh-ren. Zwei von ihnen hatten mich schon halb ausgezogen! Sie haben darüber verhandelt, wer mich als Erster haben könnte oder ob sie es zusammen versuchen sollten - einer von vorne und einer von hin-ten."

Sie weinte nun, und ich nahm sie tröstend in die Arme.

„Und dann haben sie beschlossen, mich hier anzubinden und mich nacheinander zu vergewaltigen und sich später Ilka vorzunehmen." Sie schluchzte laut auf. „Wenn Ihr nicht rechtzeitig gekommen wäret..."

„Wie habt Ihr uns denn eigentlich gefunden?", fragte Ilka. Sie setzte sich ins Gras, und sie sah einen Moment aus, als müsse sie sich übergeben. Ihr Gesicht war kreideweiß.

„Wir sind ein paar Pfauen gefolgt, und dann haben wir plötzlich komische Geräusche gehört", erwiderte Annette.

„Ihr seid ja so mutig!", erwiderte Ilka.

„Und gut, dass Du so groß und stark bist, Annette!" Ich wusste nicht, was ich ohne sie gemacht hätte. Das Tränengas allein hätte uns niemals gerettet! Zwar war ich durch meine Berufsausbildung als Schreinerin muskulöser geworden, doch war ich immer noch eine recht kleine, zierliche Person.

Der jüngere Mann stöhnte laut und versuchte aufzustehen, und wir sahen alarmiert auf.

„Carlos, wie geht es Dir?", rief Antonio.

Annette und ich gingen zu Carlos und zogen ihm ebenfalls die Stoffhose aus, mit der wir seine Handgelenke hinter seinem Rücken fesselten. Mit seinem Gürtel banden wir zur Sicherheit auch seine Füße zusammen.

„Was habt Ihr mit Lucio gemacht?", fragte Antonio heiser. „Ist er tot?"

„Er hat bekommen, was er verdient hat, Du Scheusal!", antwortete ich. Ich ging wieder näher an ihn heran, um mich zu vergewissern, dass er seine Fesseln nicht lösen konnte. „Und diesmal wirst Du nicht entkommen!"

Annette sah mich verwundert an. Sie hatte den abgrundtiefen Hass in meiner Stimme gehört. „Was meinst Du denn mit 'diesmal'?", fragte sie.

Mit bebender Stimmer erzählte ich ihnen nun, was damals passiert war.

„Zwei Freundinnen und ich sind vor zwei Jahren von Antonio, Carlos und noch einem fiesen Kerl vergewaltigt worden! Erst war noch ein anderer, ganz fetter Mann dabei, doch der hat uns in Ruhe gelassen. Aber Antonio und Carlos waren die Schlimmsten von ihnen. Meine Freundinnen wurden sogar mehrmals von ihnen vergewaltigt, und wir waren fast die ganze Nacht in ihrer Gewalt!"

Bei der Erinnerung fing ich beinahe zu weinen an, und ich schluckte krampfhaft, um die Tränen zu unterdrücken. „Der eine Mann, der damals später dazugekommen ist, ist heute nicht hier, und ich habe leider keine Ahnung, wer das war."

An Ilka und Marita gewandt, fuhr ich fort: „Stefano kenne ich nicht, aber ich habe gesehen, dass Lucio und Antonio Euch schon bei dem Konzert angeglotzt und irgendwas über Euch gesagt haben. Anscheinend haben sie wieder einmal alles geplant und rasch die anderen beiden Männer angerufen, so dass sie Euch dann zusammen in diesen Park folgen und Euch überfallen konnten. Sogar an ihre Masken haben sie gedacht, die feigen Kerle!"

„Ich frage mich, wie oft sie so was schon gemacht haben!", meinte Marita erschüttert.

„Ja, ich habe mich zwei Jahre lang darüber geärgert, dass wir damals nicht zur Polizei gegangen sind", sagte ich. „Doch diesmal sollen sie ihre Strafe kriegen!"

Ich machte mir etwas Sorgen, dass ich selbst Ärger mit den Polizisten bekommen könnte, da ich das Reizgas angewendet hatte. Ich war mir nicht sicher, wie die Gesetze in Spanien waren, aber sowohl Pfefferspray als auch CS Reizgas waren bestimmt in vielen Ländern verboten oder höchstens als Abwehrspray gegen Tiere erlaubt. Ob das Spray hier vielleicht als Waffe angesehen würde? Und was war mit Lucio los? Hatten Ilka und ich ihn schwer verletzt? Ob er womöglich sterben würde? Bei diesen Gedanken wurde mir ganz flau im Magen. Trotzdem wollte ich dabei sein, wenn die Männer verhaftet würden. Meine größte Angst war, dass sie doch noch irgendwie entkommen könnten. Hatten wir sie gut genug gefesselt?

„Und wenn sie einfach alles abstreiten?", fragte Ilka plötzlich. „Wir haben ja gar keinen Beweis dafür, dass sie uns wirklich vergewaltigen wollten."

Marita und ich guckten sie entsetzt an. Doch Annette winkte ab. „Ach was. Daniela und ich sind Zeugen, und außerdem haben sie Euch verletzt. Dein Bluterguss, Marita, und Deine gebrochene Nase, Ilka, müssten doch Beweis genug sein."

„Und Du, Daniela, bist ja sogar mit einem Messer verwundet worden!", fügte Marita hinzu.

Ich hoffte inbrünstig, dass sie recht behalten würden! Ich sah auf meinen Arm, den Annette notdürftig verbunden hatte; und erst allmählich wurde mir richtig bewusst, in was für einer großen Gefahr wir alle geschwebt hatten. Meine Kehle war wie ausgedörrt, und mir war schlecht. Wieder einmal zitterten mir die Beine, so dass ich mich hinsetzen musste.

* * *

Endlich hörten wir die Sirenen, und kurz danach kamen eine Ambulanz, die Polizei und Pedro, der sofort besorgt auf Annette zueilte.

# Kapitel 12

Lucio, der Vater von drei Kindern, starb auf dem Weg ins Krankenhaus. Seine Kopfwunde war gar nicht so schlimm gewesen, aber er hatte schon lange an einem Herzproblem gelitten und nun einen Herzinfarkt bekommen. Die Aufregung im Park war anscheinend zu viel für ihn gewesen. Die anderen drei Männer wurden verhaftet. Nur Stefano leistete Widerstand, musste aber schnell aufgeben.

Es war ein langwieriger Prozess, von dem ich hier nur kurz das Wichtigste erzähle:

Annette und ich erfuhren später, dass zwei schwedische Frauen ebenfalls eine Aussage bei der Polizei gemacht hatten und angaben, von vier Männern brutal in einem Park vergewaltigt worden zu sein. Auch diese hatten schwarze Masken getragen, um ihre Identität zu verschleiern; aber die Frauen waren überzeugt, dass es dieselben Männer gewesen waren. Weil die Masken nicht das ganze Gesicht verdeckt hatten, konnten sie eine recht gute Beschreibung abgeben.

Antonio und Carlos wurden zusätzlich wegen Besitz von Kinderpornos angezeigt. Viele Freunde und Verwandte von ihnen waren geschockt, da sie die beiden als nette Familienväter und gute Kumpel angesehen hatten.

Eine Spanierin von erst dreizehn Jahren war vor einiger Zeit von Lucio überfallen und missbraucht worden. Sie hatte sich vorher nicht getraut, jemandem etwas zu sagen, da sie seine Rache gefürchtet hatte. Er war ein Bekannter ihrer Eltern gewesen und hatte ihr einmal aufgelauert, als sie auf dem Weg zu einer Freundin war. Danach hatte er gedroht, sie umzubringen, wenn sie zur Polizei ginge oder sonst irgendjemandem etwas verriete. Ihre Eltern waren völlig fassungslos, als sie jetzt davon erfuhren. Doch sie waren erleichtert, dass Lucio nun tot war und ihrer Tochter nie wieder etwas antun konnte!

Die 18-jährigen deutschen Freundinnen Ilka und Marita beschlossen, den Rest ihres Urlaubs in Frankreich zu verbringen. Marita hatte eine spanische Mutter und konnte daher fließend Spanisch sprechen, doch sie war zum ersten Mal in Spanien gewesen. Sie wusste noch nicht, ob sie ihren Eltern von ihrem furchtbaren Erlebnis erzählen sollte und ob sie jemals wieder nach Spanien reisen würde. Als Ilka von Lucios Tod erfahren hatte, war sie hysterisch zusammengebrochen. Obwohl sie in Notwehr gehandelt hatte und die Platzwunde, die sie ihm zugefügt hatte, gar nicht die Todesursache gewesen war, fühlte sie sich verantwortlich. Noch nie zuvor hatte sie mit einem Stock auf jemanden eingeschlagen.

Annette blieb noch eine Weile in Oviedo und arbeitete weiterhin in dem Hotel. Sie war innerlich tiefer erschüttert, als sie gezeigt hatte. Doch Pedro und ihre Mitarbeiter waren besonders freundlich zu ihr und behielten alle männlichen Gäste scharf im Auge, wenn Annette sie bediente. Als ein Mann ihr einmal spielerisch in den Hintern kniff, als sie ihm ein Bier brachte, kam ihr Kollege David sofort herbeigeeilt und verwarnte den Mann.

Ich fuhr wieder nach Deutschland zurück. Ich hatte der Polizei meine Adresse mitteilen müssen, nachdem ich meine Aussage mit Annettes und Pedros Hilfe gemacht hatte. Meine Schnittwunde am Arm war gesäubert und genäht worden. Ich fühlte mich unendlich erleichtert, dass nun alles vorbei war, obwohl einer der Vergewaltiger von damals leider immer noch auf freiem Fuß war. Zumindest wusste ich nichts von seinem Schicksal. Ich konnte nur hoffen, dass er sich an keinen weiteren Frauen vergreifen würde. Aber Antonio, Carlos und Stefano waren im Gefängnis! Ich konnte es kaum erwarten, Sabine und Barbara zu treffen und ihnen alles zu erzählen!

\* \* \*

Noch einige Jahre lang hatte ich ab und zu Träume, in denen ich gegen irgendwelche Männer kämpfen musste, und wachte dann schweißgebadet auf. Aber mit der Zeit verblasste die Erinnerung an diese schrecklichen Erlebnisse in Asturien immer mehr.

Doch jedes Mal, wenn irgendwo eine bestimmte Art von Musik gespielt wird, fühle ich mich schlagartig wieder in das Auto des *'Fahrers'* zurückversetzt. Eine irgendwie klagend und dramatisch klingende spanische Männerstimme, die damals während meiner Vergewaltigung im Radio zu hören war, hatte sich so in mein Unterbewusstsein eingeschlichen, dass meine Erinnerung an jene furchtbare Nacht wieder geweckt wird, sobald ich ähnliche spanische Lieder höre.

# NACHWORT

Gewalt ruiniert unzählige Leben. Effektive präventive Strategien sind nötig, um Gewalttaten und Mobbing möglichst von vornherein zu verhindern – kein leichtes Unterfangen!

Niemand weiß, wie viele Menschen weltweit vergewaltigt werden, doch immer wieder hört man schreckliche Nachrichten:

Brutale Überfälle, Misshandlungen, sexuelle Nötigung, häusliche Gewalt, Belästigung am Arbeitsplatz, Vergewaltigungen mit Hilfe von K.O.-Tropfen, Gruppenvergewaltigungen, die oft mit schweren Verletzungen oder sogar dem Tod enden, Massenvergewaltigungen in Kriegen – die Liste ist unendlich lang. Viele Menschen werden jahrelang gefangen gehalten und zu Prostitution, zu perversen und erniedrigenden Handlungen gezwungen.

Auch wenn die Opfer überleben, werden viele ihr Leben lang leiden und physische und/oder psychische Schäden davontragen. Manche begehen Selbstmord, da sie nicht mit ihrem furchtbaren Trauma fertig werden. Viele scheuen sich davor, einen Täter anzuzeigen, oder glauben, dass es keinen Sinn habe. Unzählige fühlen sich beschämt, erniedrigt und hilflos, vollkommen allein in ihrer Angst und Not.

**Doch es gibt Menschen, die zuhören,**

**Trost spenden und mit**

**guten Ratschlägen helfen können!**

Therapien und Gesprächsgruppen mit anderen Betroffenen können dazu dienen, sexuelle Gewalterfahrungen besser zu verarbeiten. Wer sich dazu entschließt, einen Prozess gegen den oder die Täter einzuleiten, kann in bestimmten Ländern kostenlose Rechtsberatung und Unterstützung von Vertrauenspersonen und Rechtsanwältinnen erhalten. Um eine Beweisführung zu erleichtern, sollten ärztliche Untersuchungen und Anzeigen so bald wie möglich vorgenommen werden – und nicht erst Monate oder gar Jahre nach einem Vorfall.

Obwohl es sehr schwer fallen mag, über eine Vergewaltigung zu reden, so kann es oft bereits helfen, sich mit einer guten Freundin oder einem anderen lieben Menschen auszusprechen.

## Wo können Mädchen und Frauen Hilfe bekommen?

In Deutschland gibt es viele Beratungsstellen und „Hotlines" für Notfälle. Alle Anrufe werden streng vertraulich behandelt. Auch Freunde oder Verwandte von Betroffenen können sich kostenlos und anonym beraten lassen, so zum Beispiel bei dem

**HILFETELEFON: 08000 116 016 rund um die Uhr.**

Für diejenigen, die nicht gut genug Deutsch sprechen, können für viele Sprachen Dolmetscher hinzugezogen werden.

**www.hilfetelefon.de bietet eine ONLINEBERATUNG an.**

Hier kann man eine Beratung im Chat oder per Email auswählen:
**https://www.hilfetelefon.de/aktuelles.html**

Menschen mit einer Hörbehinderung können sich per Gebärdensprache in einem Video informieren und sich zudem per Gebärden- oder Schriftsprache mit Mitarbeiterinnen des Hilfetelefons verständigen.

Mit Informationen und Beratungen steht auch der **Bundesverband Frauenberatungsstellen und Frauennotrufe** zur Verfügung:

**https://www.frauen-gegen-gewalt.de/**

**Email: info@bv-bff.de**

**In Berlin** kann man außerdem unter der Telefonnummer

**030-611-03-00 eine Erstberatung und Krisenintervention** bekommen. (Quelle: http://widergespiegelte/berlin/schutz-vor-gewalt-wo-frauen-hilfe-finden/9121656.html)

**Sowohl für weibliche als auch für männliche Opfer von Gewalt** gibt es Hilfeleistungen und Informationen, Selbsthilfegruppen und professionelle Trauma-Therapeuten **in Deutschland.** Siehe zum Beispiel: **http://www.misshandlungsopfer.de/tipps.php**

**In Österreich** können Sie sich an die folgende Stelle wenden: **Notrufberatung für vergewaltigte Mädchen und Frauen**

**Telefon: (01) 523 2222**

**http://frauenberatung.at/ Email: notruf@frauenberatung.at**

Sie können sich per Email oder per Telefon Informationsmaterial zusenden lassen und zudem Informationsblätter von der Seite:

**http://frauenberatung.at/?page_id=294** herunterladen, zum Beispiel:

- Informationsblatt „Erste Informationen zur Anzeige"
- Informationsblatt „Für Angehörige, Vertrauenspersonen und professionelle Helferinnen"
- Informationsblatt „Beratung und Unterstützung nach einer Vergewaltigung"

Eine weitere Beratungsstelle **in Österreich** ist die:

**Frauenhelpline gegen Gewalt: Telefon: 0800 222 555**

**http://www.bka.gv.at/site/5528/default.aspx**

# Wo können Jungen und Männer Hilfe bekommen?

Auch Jungen und Männer werden Opfer von Vergewaltigungen und Misshandlungen, werden psychischer und physischer Gewalt ausgesetzt. Nicht nur Männer, sondern auch Frauen können dabei die Täter sein.

Sogar sehr junge Menschen sind oft bereits brutale „Bullies", die anderen das Leben zur Hölle machen. Mobbing in der Schule und „Cyber-Mobbing" richten sich häufig gegen männliche Schüler.

Trotz vieler Filme und Bücher über Sex und Gewalt ist es nicht einfach, offen über ein solches Thema zu sprechen und Hilfe zu suchen, wenn man selbst betroffen ist. Viele fühlen sich viel zu hilflos und beschämt, oder sie rechnen mit schlimmeren Folgen, falls sie sich mit jemandem aussprechen würden. Für Kinder ist es besonders schwer, doch auch für Männer, die von ihren eigenen Partnerinnen oder Ehefrauen schikaniert und verletzt werden. Noch dazu stoßen Männer leider oft auf Reaktionen wie Unverständnis, Spott und Gelächter, wenn andere Leute ihre von Frauen zugefügten Kratzspuren, blaue Augen oder andere Wunden entdecken.

**Doch Gewalt ist niemals lustig,**

**und das Schweigen schützt die Täter!**

Ich hoffe jedenfalls, dass so vielen Opfern wie nur möglich geholfen werden kann! Anonyme, vertrauliche Gespräche mit professionellen Beratern sind ein erster Schritt. Verschiedene Projekte, Männerhäuser und Beratungsstellen bieten Hilfe an.

**Weitere Informationen** können Sie im Internet finden, zum Beispiel bei:

http://www.soko-institut.de/ggm/docs/kontakt.php

http://www.soko-institut.de/ggm/docs/hilfe.php

https://www.weisser-ring.de/internet/

http://www.maennerwohnhilfe.de/hilfsangebote-links.html

http://www.misshandlungsopfer.de/tipps.php

**In der Schweiz** gibt es zum Beispiel:

http://www.pallas.ch/beratungsstellen-links/80-beratungsstellen-undlinks/110-st-gallen.html

www.opferhilfe-sg.ch

Sind auch Sie ein Opfer? Oder haben Sie Verwandte, Freunde oder Bekannte, die Furchtbares erlitten haben?

Mit meinem Buch „**Unser Schweigen schützte die Täter**" möchte ich das Tabu brechen, über Vergewaltigungen zu sprechen. Es ist im Interesse aller Menschen, so viel wie möglich gegen Gewalt zu tun!

*Anmerkung: Alle Angaben zu den oben genannten Kontakten für Beratungsstellen sind ohne Gewähr. Ich habe sie dem Internet entnommen. Stand: Dezember 2014.*

**Mein erstes Buch** hat mir großen Spaß bereitet! Es ist eine Abenteuergeschichte aus Australien für Kinder ab circa 11 Jahren, aber auch für Erwachsene, die „jung im Herzen geblieben sind" und die Krimis, Hunde und Detektive mögen.

## MORD UND BRAND, FLUTEN UND SAND

ISBN: 978-3-95631-051-5 - Shaker Media Verlag

Telefon: 02407 / 95964-0 http://www.shaker-media.de

Email: info@shaker-media.de

Das Buch „**MORD UND BRAND, FLUTEN UND SAND**" handelt von zwei deutschen Kindern, die mit ihren Freunden und ihrem Hund viele spannende Abenteuer in Australien erleben. Einige Leseproben, Bilder von der „Sunshine Coast" und weitere Informationen dazu können Sie hier finden:

**http://m-birkenbeil-autorin.jimdo.com/**

## EXPOSÉ TEIL 1 - DER AFFE IM GRÜNEN KLEID

Die Geschwister Anna und Sebastian leben seit einiger Zeit in Westaustralien. Während des Besuches bei Verwandten im "australischen Busch" in Queensland verschwindet Sebastian plötzlich und findet sich in einer fremdartigen Welt voller exotischer Tiere, Nahrungsmittel und Gerüche wieder. Sebastian hat sowohl faszinierende wie auch abstoßende Erlebnisse und wird zu harter körperlicher Arbeit gezwungen. Die Freundschaft zu einem kleinen Affen hilft ihm, die Zeit besser zu überstehen. Doch wie kann er wieder zurück nach Australien finden?

Währenddessen suchen Anna, ihre Tante und ihr Onkel verzweifelt nach Sebastian.

## EXPOSÉ TEIL 2 - FERIEN AM MEER

Nach einem schlimmen Erlebnis beginnen Anna und Sebastian, die Sommerferien bei ihren Verwandten so richtig zu genießen. Sie erleben ein wunderschönes Drachenfest am Meer und sind begeistert von der Tierwelt in Australien.

Doch dann geraten sie und andere Kinder in gefährliche Abenteuer!

## EXPOSÉ TEIL 3 - TÖDLICHE DATURA

Anna und Sebastian sind mit ihren Eltern in eine kleine Stadt direkt am Meer in Queensland gezogen. Da entdecken zwei Mädchen bei einem Spaziergang plötzlich eine Leiche an einem Fluss. Ein Mord in ihrem verschlafenen Nest? Alle Einwohner sind völlig aus ihrer Ruhe gebracht, und die wildesten Verdächtigungen gehen um.

Können Anna und Sebastian helfen, den Fall zu lösen?

## EXPOSÉ TEIL 4 - DAS VERLORENE KIND x 2

Am Neujahrsmorgen verlässt ein autistisches 3-jähriges Kind plötzlich unbemerkt das Haus seiner Eltern und bleibt tagelang verschwunden. Ist es ertrunken? Oder ist es ermordet worden?

Und nur kurze Zeit später verschwindet auch noch ein anderes Kind...

## EXPOSÉ TEIL 5 - WECHSELHAFTE STIMMUNGEN

Unheimliche Dinge geschehen an verschiedenen Orten und versetzen die Menschen in Angst und Panik, und sogar eine fröhliche Party und ein Wochenendausflug enden mit Schrecken. Einige Leute jagen einen mysteriösen Dieb, und andere finden eine gefesselte Frau...

Verdächtigungen, neue Liebe, Eifersucht, Furcht und Scham - nicht nur Anna und Barbara erleben einen Wirrwarr der Gefühle!

## Mein zweites Buch ist ein Orientalisches Kochbuch:

### Scheherazades FINGER FOOD

Books on Demand GmbH / www.bod.de

ISBN: 9783734740367 als gedrucktes Buch

ISBN: 9783738689013 als E-Book

Mit Rezepten für viele Geschmäcker - einfach lecker.
Gemüse-, Fisch- und Fleischgerichte, essbare Blüten,
Gesundes, Herzhaftes und Süßes, viele Dips und Tipps,
gefüllte Blätterteigtaschen - lassen Sie sich überraschen!

Siehe auch:

**http://m-birkenbeil-autorin.jimdo.com/**

**und http://www.jutta-schuetz-autorin.de/**

## Herzlichen Dank an Jutta Schütz!

Mein Abenteuerbuch aus Australien gefiel der Bestsellerautorin und Journalistin Jutta Schütz so gut, dass sie eine tolle Rezension dazu schrieb:

http://www.news4press.com/Rezension-Mord-und-Brand-Fluten-und-Sa_809060.html

Und dadurch freundeten wir uns per Email über Kontinente hinweg an. Sodann lud sie mich dazu ein, bei ihrem „Scheherazade-Buchprojekt" mitzumachen. Bisher sind neun Bücher in dieser Reihe erschienen. Siehe: http://www.jutta-schuetz-autorin.de/

Bei meinem Buch „Unser Schweigen schützte die Täter" hat Jutta mir mit vielen Tipps zum Buchsatz geholfen und mich auch auf die Idee gebracht, ein Nachwort zu schreiben.

## Herzlichen Dank an Karin Steiner!

Meine Schwester Karin hat wieder einmal (wie schon bei meinen früheren Büchern) unzählige Verbesserungsvorschläge sowohl zum Inhalt als auch zur Grammatik gemacht. Ursprünglich eine Übersetzerin für Spanisch, Französisch und Englisch, ist sie die tollste Lektorin, die ich mir vorstellen kann!

## Herzlichen Dank an Karin Ritter-Ostermann!

Meine Freundin Karin hat das Titelfoto zu diesem Buch kreiert. Neben ihrem Beruf als Ärztin für Geriatrie in Wien beschäftigt sie sich mit Fotografie, Fotokunst und Improvisationstanz. Sie ist langjähriges Mitglied von 'VIMPRODACO', der 'Vienna Improvisation Dance Company'. Inspiriert durch ein gemeinsames Projekt mit der Performerin Svetlana Karimova aus Moskau entwarf sie diese Fotokollage für mich, auf der Svetlanas Gesicht von Karins Haaren umspielt wird.

Und herzlichen Dank an Svetlana, die ich leider noch nicht kennengelernt habe!